ars vivendi

Krimi

KRIMI SNACK

Tatjana Kruse

Hauptsache, eine saubere Leiche

ars vivendi

Originalausgabe

Erste Auflage Mai 2014

www.arsvivendi.com

Lektorat: Stephan Naguschewski
Umschlaggestaltung: ars vivendi verlag
Druck: Appel & Klinger Druck und Medien GmbH,
Schneckenlohe

Printed in Germany

ISBN 978-3-86913-419-2

HAUPTSACHE, EINE SAUBERE LEICHE

1

Ein Baum ist ein Gegenstand, der jahrelang am selben Fleck steht, bis er sich urplötzlich einem Autofahrer in den Weg stellt.

Was heißt »stellt« – wirft!

Das musste Rüdiger Schmälzle am frühen Morgen des 17. September auf der Bundesstraße 14 zwischen Michelfeld und Mainhardt schmerzhaft am eigenen Leib erfahren. Der Schmerz währte glücklicherweise nicht lange, Rüdiger Schmälzle verstarb noch am Unfallort.

Auch der Baum musste gefällt werden.

Was das alles mit der Toten auf dem Schwäbisch Haller Einkorn zu tun hatte, erfuhr man erst später.

2

Glück ist etwas, das man zum ersten Mal wahrnimmt, wenn es sich mit großem Getöse verabschiedet. So wie bei Hauptkommissarin Gesine Bauer.

Sie fand sich unversehens als Hauptdarstellerin in einer griechischen Tragödie wieder.

Mann weg – natürlich mit einer Strähnchenblondine, dem Geschenk der chemischen Industrie an die Männer. Und Pop-up-Brüsten, dem Geschenk der plastischen Chirurgie an die Männer.

Als sie offiziell Unterhalt einklagen wollte, tauchte er spurlos ab. Ohne die Strähnchenblondine – deren Plastik-Doppel-D-Brüste taugten nicht zum Abtauchen, sondern schwammen konsequent oben.

Wohnung weg – wegen Eigenbedarfs gekündigt. Und das alles binnen eines Monats.

Was hielt sie da noch in Hamburg? Sie beantragte Versetzung. In ein anderes Bundesland. Vorzugsweise in die Provinz. Wohin, war ihr egal.

Es wurde Schwäbisch Hall.

Schwäbisch Hall – die alte Salzsiederstadt, die sich in einer markanten Schleife des Kochers an die Hänge schmiegte und knapp vierzigtausend Menschen eine Heimat bot. Davon noch bis vor Kurzem auch drei Mann von der Mordkommission, bis eine verhängnisvolle Geiselnahme völlig unvorhersehbar und tragisch aus dem Ruder lief. Das Kommissariat Schwäbisch Hall musste so gut wie neu besetzt werden. Gesine wurde stellvertretende Kommissariatsleiterin.

Sie fand eine möblierte Einzimmerwohnung in einem Einfamilienhaus in der Kreuzäckersiedlung, in Spuckweite zum Hauptsitz der Bausparkasse Schwäbisch Hall und in Laufweite zum Kommissariat. Ihre Vermieterin – ein Fräulein Denz, Betonung auf *Fräulein*, war über neunzig, aber noch fit wie eine Birkenstock-Sandale. Jeden Morgen weckte sie Gesine mit einer Tasse frisch gebrühtem Assam-Tee. Manchmal vergaß sie, den Teebeutel in die Tasse mit dem heißen Wasser zu hängen, aber es war die Geste, die zählte.

Die Schicksalsgöttinnen wollten wohl ihre vorherigen Patzer in Gesines Leben wiedergutmachen und sahen von weiteren Tötungsdelikten in der Region Schwäbisch Hall-Hohenlohe ab. So wurde Gesines Funktionszeit in den Diensträumen nie überschritten, und sie hatte ein paar ruhige Tage zum Eingewöhnen.

Bei ihrem ersten ausgedehnten Spaziergang durch Schwäbisch Hall entdeckte sie romantisch verwinkelte, mittelalterliche Gassen, die ausladende Freitreppe der St. Michaelskirche, auf der schon die ersten Proben für die sommerlichen Freilichtspiele stattfanden, und die spektakuläre Kunsthalle Würth, in der gerade englische Skulpturen des zwanzigsten Jahrhunderts gezeigt wurden. Einige Henry-Moore-Plastiken waren auf die ganze Stadt verteilt, als Appetizer, um die Touristen anzulocken.

Sie genoss den Postkartenblick auf die Altstadt von der Terrasse des Sudhauses und die vorsommerlich erblühten Ackeranlagen mit dem Anlagencafé, in dem sie stundenlang sitzen und der Fontäne zusehen konnte, und kämpfte sich bei gefühlten dreißig Grad im Schatten die Bildersteige zur Comburg hoch, einem ehemaligen Kloster auf einer erstaunlich steilen Erhebung in der Haller Vorstadt Steinbach.

Ja, sie fühlte sich wohl im idyllischen Schwäbisch Hall.

An ihrem nächsten freien Tag schlenderte sie durch das Hällisch-Fränkische Museum, das im ehemaligen Adelswohnturm Keckenburg auf acht Stockwerke verteilt war, weil sie Museen aller Art liebte. Bestimmt hätte sie anschließend das Freilandmuseum Wackershofen aufgesucht, aber da meldete sich ihr Handy.

»Grüß Gott, Chefin.« Ihr Assistent.

An diesen typisch schwäbischen Gruß würde sie sich nie gewöhnen können. Wenn ihr einer mit »Grüß Gott« kam, war sie immer sehr versucht, mit »Ich grüße ihn gern, wenn ich ihn treffe« zu antworten, aber seit ihr einmal einer daraufhin am Telefon »Werden *Sie* sich noch wundern!« entgegengeblafft und einfach aufgelegt hatte, hielt sie sich zurück. *When in Rome, do as the Romans do.*

»Was gibt's?«, fragte sie daher nur grußlos.

»Eine Tote auf dem Einkorn, Chefin.«

Der Einkorn, das war der Schwäbisch Haller Hausberg vor den Toren des Stadtteils Hessental. Das hatte sie in der Broschüre *Mein Hall* gelesen. Die Bekanntschaft mit dem Hausberg war bislang noch ausgestanden, aber das würde sich nun ja ändern.

»Bin schon unterwegs«, sagte sie. Sie hörte ihren Assistenten noch auf schwäbisch »Ade, Che …« rufen, aber da klappte sie auch schon ihr altmodisches Motorola-Handy zu und schnitt ihm somit das Wort ab.

Gesine Bauers Assistent war zwar kein Haller, lebte aber schon länger im Hohenlohischen und war extra abgestellt, um ihr die Einarbeitung zu erleichtern. Wie der Zufall es wollte, hieß er ebenfalls Bauer und wurde kurzerhand in »Bauer zwo« umbenannt. Er trug einen buschigen Schnauzer, der enorm an eine Gartenhecke erinnerte, und ausnahmslos immer seine lila Motorradlederkluft, unter der sich zweifelsohne schon ein eigenes Bioklima entwickelt hatte. Wenn sie in den wenigen Tagen ihrer Zusammenarbeit etwas gelernt hatte, dann das: Bauer zwo war keine Intelligenzbestie.

Die Potenz von Bauer zwo konnte man hören, es war ein überdimensioniertes BMW-Motorrad. An diesem Tag war Gesine froh über sein lautstarkes Teil: Er überholte sie auf dem Weg zum Tatort, den sie mit ihrem Stadtplan – einem Stück Papier, das ihr nur half, sich besser zu verirren – nie gefunden hätte.

Gemeinsam trafen sie an der Grillstelle auf dem Einkorn ein. Das Feuer war allmählich am Verglimmen, es roch aber noch beißend nach Rauch, und es qualmte.

Aus den Qualmschwaden trat ihr ein Mann entgegen. Es wirkte zeitlupig. Er trug definitiv Jeans und Cowboystiefel. Für den Hollywood-Effekt fehlte jetzt nur noch die Ennio-Morricone-Musik.

»Frau Bauer?« Nicht John Wayne, sondern der hagere Gerichtsmediziner des Landkreises stand schließlich vor ihr und nickte ihr freundlich zu. »Doktor Sczerpansky. Schön, Sie endlich kennenzulernen.« Er trug seine schulterlangen, grauen Haare zu einem Pferdeschwanz gebunden. Sein Haaransatz war weit in den Nacken gerutscht, als ob das Gewicht des Pferdeschwanzes ihn unerbittlich nach hinten zog.

»Dito«, sagte Gesine, die keine Frau vieler Worte war. »Und?«

Sczerpansky sprach mit rauer Revolverheldenstimme. Es hätte Gesine kein bisschen gewundert, wenn er sich mit der Hand im Einmalhandschuh beim Sprechen im Schritt der Jeans gekratzt hätte. »Der Tod trat unmittelbar ein. Herzdurchschuss. Die Waffe wurde noch nicht gefunden, aber ich tippe auf eine Neun-Millimeter-Kugel.«

»Zeugen?«

Ein bulliger Streifenbeamter, der ihr irgendwann schon vorgestellt worden war, dessen Namen sie jedoch vergessen hatte, trat wie aus dem Nichts auf sie zu. Sie musste erst noch lernen, die kernig-kantigen Eingeborenen von hiesigen Bäumen zu unterscheiden. Der Beamte sprach laut, sehr laut. Zweifelsohne hörte man ihn bis in die nächste Kreisstadt – also zumindest bis nach Öhringen, wenn nicht gar bis Heilbronn.

»Es hat einen Streit gegeben. Die Tote … äh … also, als sie noch lebte … also … das Opfer wollte mit ihrem Lebensgefährten grillen, als plötzlich und uneingeladen ihr Exmann auftauchte. Es gab eine hässliche Szene. Die Frau versuchte zu schlichten, aber schlagartig fiel sie um und blieb liegen. Erst dachten wohl alle an eine Ohnmacht, alternativ an einen Herzinfarkt – der soll ja auch jüngere Frauen immer häufiger treffen. Aber dann entdeckten sie das Blut. Das sagen zumindest die Familien Lämmle und Arslan, die zeitgleich zum Grillen auf dem Einkorn waren. Da war der Streit aber schon in vollem Gange.«

Der Streifenbeamte nickte in Richtung einer Menschenmenge aus strohblonden und kohlschwarzen Köpfen. Wenn das nur zwei Familien waren und nicht die Gesamteinwohnerschaft des Haller Vororts Hessental, dann sprach das sehr für die Fruchtbarkeit der Menschen in dieser Region. Die Familien waren durch das Verbrechen augenscheinlich zusammengeschweißt worden und diskutierten jetzt wild gestikulierend darüber, was sie der *BILD* beziehungsweise *RTL Explosiv* erzählen wollten und wie viel Geld sie für ihren Exklusivbericht wohl bekommen könnten.

Zeugen immer trennen, hätte Gesine Bauer am liebsten tadelnd vermerkt – wenn sie erst mal miteinander gequatscht haben, sind ihre Aussagen nur noch Müll. Aber sie hielt die Klappe. Es war ihr erster Mord mit diesem Team, und der Kollege von der Streife und sein Partner hatten immerhin den Tatort gut gesichert.

Bauer zwo stürmte auf sie zu. Sein Buschheckenschnauzer vibrierte. »Ich habe beide Verdächtigen in vorläufigen Gewahrsam nehmen lassen«, strahlte er sie an.

»Warum?« Gesine hob eine Augenbraue.

Bauer zwo stockte. Sein Eifer bestand leider nur zu einem Viertel aus Fleiß, dafür zu drei Vierteln aus unüberlegtem Aktionismus. »Wie, warum?«

»Wenn einer der beiden die Frau erschossen hat, wo ist dann die Waffe?«

Bauer zwo zuckte mit den Schultern. »Irgendwo im Wald. Die werden wir schon finden. Die Diensthunde treffen in einer halben Stunde ein.«

»Und tausend Augen soll entgangen sein, wie der Täter die Waffe weggeworfen hat?«

Die Lämmles und die Arslans waren mittlerweile verstummt. Wenn eine hundertzweiundneunzig Zentimeter große, blonde Walküre in einem hautengen, froschgrünen Hosenanzug einen Untergebenen zurechtstaucht, der ihr gerade mal bis zu den Ellbogen reicht und eine lila Ledermontur trägt, dann bietet das einen Unterhaltungswert, mit dem nicht einmal Thomas Gottschalk im Schottenrock konkurrieren könnte.

»Prüfen Sie, ob die Männer Schmauchspuren an den

Händen haben. Wenn nicht, lassen Sie sie gefälligst laufen.« Gesine bekam in ihrer Erregung eine recht feuchte Aussprache. Ihr ging es hier nicht um das korrekte Prozedere, sondern darum, dass sie bei ihrem persönlichen Assistenten von Anfang an unmissverständlich klarstellen wollte, wer der Boss war. Nämlich sie.

Bauer zwo trollte sich – schmollend und mit Spuckespuren auf dem schütteren, blonden Scheitel.

Gesine sah sich mit funkelnden Augen um. War eine weitere Demonstration ihrer Autorität vonnöten?

Der Gerichtsmediziner tat geflissentlich so, als sei er damit beschäftigt, den Inhalt seiner Bereitschaftstasche zu inspizieren. Allerdings schmunzelte er dabei. Offenbar konnte man ihm nicht so leicht Angst einjagen.

Der bullige Streifenbeamte hielt nach einem Busch Ausschau, hinter dem er sich unsichtbar machen könnte, wurde aber nicht fündig.

Die Lämmles und die Arslans entdeckten die Faszination vorbeiziehender Wolken. Man konnte ihre Nacken knacken hören, so abrupt schauten sie allesamt nach oben.

Natürlich stellte sich kurz darauf heraus, dass keiner der beiden Streithähne Schmauchspuren an den Händen hatte. Das wäre ja auch zu einfach gewesen, dachte Gesine. Bei ihrer Pechsträhne konnte ihr erster Mord auf dem neuen Posten kein schlichtes Beziehungsdrama sein.

Das Schicksal hatte ihr erneut den Fehdehandschuh hingeworfen.

3

Glück ist selten etwas, das man erlebt, sondern meist etwas, an das man sich erinnert. Oder nach dem man sich sehnt. Oder von dem man träumt.

Gesine träumte, sie wäre wieder mit Benoît in dem kleinen Bistro in Paris, in dem sie sich kennengelernt hatten. Er küsste ihre Hände, ihre Unterarme, ihre Schultern, ihre Halsbeuge …

… und dann klingelte der Wecker.

Sie schlug mit einer Wucht auf den Wecker ein, die er nicht verdient hatte. Er erledigte ja nur seinen Job. Aber Gesine dachte dabei an ihren untreuen Exmann. Diesen Lump. Diesen Frauenflüsterer. Diesen … Franzosen!

Das Aufstehen ist die schwerste Arbeit des Tages, und dummerweise muss man sie schon vor dem Frühstück auf leeren Magen erledigen. In letzter Zeit hasste Gesine das Aufstehen. Vor allem wegen des Blicks in den Spiegel. Ihre Runzeln waren mittlerweile wahre Schützengräben der Haut. Es tobte ein unerbittlicher Krieg, und sie war am Verlieren. Dabei zählte sie erst dreiundvierzig Lenze. Der Zeitbedarf zum Schminken stieg überproportional zu ihrem Alter. Sie überlegte, ob sie es nicht ganz bleiben lassen sollte. Laut Statistik waren die einzigen Highlights, die ihr im Leben noch blieben, das Klimakterium und die künstliche Hüfte. Vor Kurzem hatte sie noch geglaubt, ihre biologische Uhr so laut ticken zu hören, dass sie manchmal nachts nicht schlafen konnte. Jetzt tickte da gar nichts mehr.

Um wenigstens etwas Fröhlichkeit in ihr tristes Leben zu bringen, entschied sie sich auch an diesem Tag wieder für ein farbintensives Outfit. Ein Business-Kostüm in Kanariengelb.

Den Vormittag verbrachte sie in diversen Sitzungen. Gesine hätte hinterher auch unter Folter nicht sagen können, worum es gegangen war. In Gedanken hatte sie ihre allererste Wanderung durch die Badersklinge hinauf zur Ruine Limpurg wiederholt. Sie hatte das Grün praktisch für sich gehabt. Von der Unterlimpurger Straße war sie hinter der Urbanskirche links in ein herrlich idyllisches Waldstück abgebogen und dann rechts einen Trampelpfad zu den bemoosten Steinen hinauf, die einst eine Burg gewesen waren. Umhüllt von Stille, nur das Knacken der Äste unter ihren Wanderstiefeln, das Zwitschern der Vögel, das Schimpfen eines Eichelhähers. Ein Märchenwald mit dem Geruch nach feuchter Erde und Holz. Sonnenlicht, das durch das Geäst drang. Von fern ein bellender Hund. Als sie von der Ruine aus den Blick ins Kochertal genoss, hatte sie gedacht, dass diese Perle Hohenlohes eine

Ecke Deutschlands sei, die Gott geschaffen hatte, damit sich die Menschen wandernd alle Widrigkeiten des Lebens von der Seele meditieren konnten.

Aber auch hier lauerte das Böse.

Sie hatte einen Mord aufzuklären.

Bauer zwo schmollte immer noch, als sie nach dem Sitzungsmarathon in ihre Diensträume kam. »Keine neuen Erkenntnisse«, brummte er patzig, als sie sich nach den Fortschritten in dem Fall erkundigte.

Um ihn zu versöhnen, lud sie ihn zum Mittagessen ein. Richtiges Essen, kein Fastfood im Imbiss an der Ecke. Echte Schwäbisch Haller Küche im Restaurant *Löwen* in der Mauerstraße – Kutteln in Trollingersoße: die zugleich heimtückischste als auch wunderbarste Methode, um Muskelfleisch in Bauchspeck zu verwandeln. Dazu ein Bier, ein vor Ort gebrautes, leckeres Haller Mohrenköpfle der Löwenbrauerei. Derart abgefüllt verzieh Gesine ihrem »Benno«, und Bauer zwo verzieh seiner neuen Chefin. Sie prosteten sich zu.

»Da wäre vielleicht doch was …«, meinte Bauer zwo, dem kleinteilige Kuttelreste aus der Oberlippenhecke lugten. Er gab gerade das lebende Beispiel dafür ab, warum eine intensive Gesichtsbehaarung beim Mann optisch keine Freude sein muss. »Doktor Sczerpansky hat seinen Bericht zwar noch nicht fertig, aber er hat vorab schon die wichtigsten Erkenntnisse durchtelefoniert. Auf Ihrer Leitung. Ich war so frei und habe abgenommen.«

Gesine nickte auffordernd.

»Das Opfer – Vera Schaub – starb an einer Schussverletzung. Und zwar durch eine Neun-Millimeter-Kugel, die exakt zehn Zentimeter tief in das Opfer eingedrungen ist. Der Doc hielt das für ungewöhnlich – üblicherweise würde so ein Kaliber dreißig Zentimeter eindringen, hat er gesagt.« Bauer zwo schürzte die Lippen und zuckte mit den lila Lederschulterpolstern. Er tat das augenscheinlich als unwesentlich ab. Ungeachtet der Tatsache, dass der Gerichtsmediziner das für so wichtig befand, dass er extra zum Telefon gegriffen hatte.

Gesine fällte hier und jetzt das Urteil, dass Bauer zwo ein Depp war. Ließ sich etwas zu seiner Verteidigung sagen? Konnte man ihm zugute halten, dass er als Kind womöglich gelitten hatte und nun Mitgefühl verdiente? Nein, sie hatte seine Akte gründlich studiert. Er war kein Flüchtling aus einem Land ohne Menschenrechte und laut psychologischem Gutachten auch nicht von seinen Eltern misshandelt worden. Also blieb als Erklärung nur noch, dass Bauer zwo als Kind auf den Kopf gefallen sein musste.

Prompt sagte er: »Ich schlage eine ausführliche Befragung der beiden männlichen Verdächtigen vor.«

Obwohl es keine Waffe am Tatort gab, obwohl die Kampfhähne keine Schmauchspuren an den Händen hatten?

Gesine nickte nur. Was auch sonst?

Nun ja, immerhin ließ sich durch ein Gespräch mit den beiden vielleicht herausfinden, wer es noch auf die Frau abgesehen haben könnte.

4

Herr Schaub, haben Sie Ihre Exfrau erschossen?« Bauer zwo wäre beinahe von dem Hocker gefallen, auf dem er saß, während er eine Mitschrift der Befragung fertigte. Gott, ging die Frau zur Sache!

Gesine starrte Vera Schaubs geschiedenem Mann – einem Schrank von einem Mann – fest in die Augen.

Der brach daraufhin tatsächlich in Tränen aus. »Nein! Ich habe sie doch geliebt!«

Diese hohle Phrase hatte Gesine schon von vielen Mördern gehört, darum rührte es sie nicht weiter. »Also hat Ihre Frau damals die Scheidung in die Wege geleitet und nicht Sie?«

Schaub wischte sich in Ermangelung eines Taschentuchs mit dem Ärmel seines karierten Flanellhemdes über die rotzige Nase. Gesine erkannte das Karohemd – ein Sonderangebot von C&A, das sie ihren beiden Brüdern letztes Jahr zu Weihnachten geschenkt hatte.

»Nein, *ich* habe die Scheidung eingereicht«, sagte Schaub und schniefte. »Schließlich habe ich noch einen

Funken Ehre im Leib. Als sie mir sagte, dass sie diesen ... diesen ...«

»Luckwitz, Immobilien«, warf Bauer zwo hilfreich ein.

Schaub sah ihn finster an. »... dass sie diesen Arsch mit Ohren liebt, da habe ich sie freigegeben.«

»Wieso dann der Streit?«

»Weil dieser Luckwitz ein Pleitegeier ist. Er dachte, er könne sich sanieren, indem er meine Vera dazu bringt, mich bis auf den letzten Heller auszusaugen! Wir hatten nämlich keinen Ehevertrag, und dieser Arsch Luckwitz hat ihr so lange zugesetzt, bis sie von allem die Hälfte hatte – nicht nur von den Konten, auch vom Besteck und der Bettwäsche. Der wollte sogar Hansi und Bubi trennen!« Schaub schaute zu dem Wellensittichkäfig auf der Anrichte. Gleich darauf sackte er in sich zusammen. »Aber ich hätte ihr doch nie und nimmer etwas angetan. Wenn ich jemand hätte erschießen wollen, dann diesen ... dann diesen ...«

»Arsch«, notierte Bauer zwo.

5

Luckwitz saunierte gerade in seiner Villa in bester Hanglage Auf der Schied. Er bat Gesine Bauer und Bauer zwo, im Wohnzimmer mit Blick auf das Kochertal zu warten, bis er sich angekleidet hatte. Na ja, nicht er bat, sondern seine Haushaltshilfe aus dem ehemaligen Jugoslawien.

Gesine wunderte sich schon längst nicht mehr darüber, wie unterschiedlich die Menschen mit ihrer Trauer umgingen, zumal reiche Menschen.

Für Bauer zwo war die Sache jedoch klar. »Der ist es gewesen! Welcher fühlende Mensch schwitzt denn lustig in der Sauna vor sich hin, während die geliebte Frau in der Leichenkammer verrottet?«

Apropos Leichenschauhaus – ob wohl Doktor Sczerpansky verheiratet oder liiert war? Gesine schüttelte den Kopf, als sie sich bei diesem Gedanken ertappte. Keine Liebschaften am Arbeitsplatz. Sie musste zwar dringend über Benno hinwegkommen, vorzugsweise, indem sie unter einen anderen Mann kam, aber das erledigte sich am besten in ihrer Freizeit, fernab vom erweiterten Kollegenkreis.

Um sich abzulenken, sah sie sich im stylischen Wohnzimmer um.

Als Luckwitz endlich kam, im Brioni-Anzug und nach Baldessarini duftend, bewunderte Gesine gerade den Inhalt eines Schaukastens. »Sie sind Jäger, Herr Luckwitz?«

Luckwitz schluckte. »Ich weiß, was Sie denken. Er kann mit Waffen umgehen, also hat er sie erschossen. Aber ich war es nicht. Vera hat meinem Leben wieder neuen Sinn gegeben. Sie haben ja sicher schon gehört, dass ich finanziell am Ende bin. Wenn Sie mich das nächste Mal sehen, dann wahrscheinlich als obdachlosen Penner mit einem Blechbecher in der Hand vor dem Marktbrunnen, wie ich Touristen anbettele. Aber dank Vera war mir das egal. Sie hatte eine solche Lust am Leben … Sie war mein rettender Engel … Sie war …« Er brach in Embryonalstellung auf der Corbusier-Liege zusammen und wimmerte haltlos.

Gesine kam zu dem Schluss, dass die jüngst verblichene Vera offenbar eine Schwäche für hypersensible Männer gehabt hatte, die sich nicht schämten, auch mal auf die Tränendrüse zu drücken. Gesine sah aber auch, dass Luckwitz nur jagdtaugliche Gewehre sein eigen nannte, keine Faustfeuerwaffen.

Ein Gedanke keimte in ihr.

»Lassen Sie den Tatort im Umkreis von fünfhundert Metern noch einmal gründlich absuchen«, befahl sie

Bauer zwo, als die beiden zu ihrem dunkelblauen Audi-Dienstwagen zurückkehrten.

»Wieso das denn?«, fragte Bauer zwo fassungslos.

6

»Deshalb«, sagte Gesine am nächsten Morgen, als die Kollegen, die in ihrem Beisein das Umfeld des Tatorts akribisch absuchten, die Schießscheibe mit den Einschusslöchern und die Schießbrille fanden.

Während Bauer zwo »Fingerabdrücke abnehmen!« bellte, betrachtete Gesine die Schießbrille in ihrer Hand. Merkwürdige Gläser. Und ein schwungvolles Signum: EE.

»Hochschuss links!«, dozierte Bauer zwo selbstgefällig. »Dem Schützen sind konstant Abziehfehler unterlaufen. Er hat die Waffe beim Auslösen unbewusst zurückgezogen.« Bauer zwo wies auf die neun Einschusslöcher, die sich allesamt am oberen linken Ende der Schießscheibe befanden. Immerhin schien er sich mit Schießscheiben auszukennen.

Spätestens seit Doc Sczerpansky – hmm, wie hieß der Doktor eigentlich mit Vornamen? – herausgefunden hatte, dass die Kugel nicht tief genug eingedrungen war, um aus nächster Nähe abgefeuert worden zu sein, war Gesine klar gewesen, dass noch ein Weiterer seine Hand im Spiel gehabt haben musste. Die Frage lautete nur: Zufall oder Absicht?

Sie bemerkte, wie Bauer zwo erwartungsvoll zu ihr aufschaute.

»Sehr gut«, lobte Gesine. Wenn Bauer zwo schon mal der Blitz der Erkenntnis traf, dann musste man das auch würdigen. Die Anerkennung brachte ihn zum Hecheln. Wie ein Welpe, nur dass bei ihm keine sichtbaren Körperfortsätze wackelten …

7

Sie fanden den Optiker in der Salinenstraße, zwischen dem Dänischen Bettenparadies und dem REWE-Supermarkt. Weitab von möglicher Laufkundschaft aus der Innenstadt, aber bei einem Spezialoptiker schaut man ja nicht eben mal in Shoppinglaune vorbei, sondern pilgert quasi andachtsgleich zu ihm, wie der blutjunge Besitzer Gesine und Bauer zwo erklärte.

Einar Eskett fertigte als deutschlandweite Koryphäe individuelle Schießbrillen für Sportschützen. So erfolgreich, dass er vor einem Vierteljahr sein eigenes Geschäft hatte eröffnen können.

»Eine echte Marktnische!«, bestätigte er Bauer zwo, der nicht glauben wollte, womit manche Menschen ihren Lebensunterhalt verdienten. Zu Gesine Bauer verirrte sich Esketts Blick eher selten. »Beim optimalen Schärfebereich sieht man das Korn gestochen scharf, Kimme und Scheibe dagegen leicht unscharf. Aber wer hat heutzutage noch optimale Sehstärke? Auf die eine oder andere Weise hängen wir doch alle vor dem Computer und ruinieren unsere Augen.«

Der Mann erwärmte sich zusehends für sein Thema. »Eine Schießbrille kann auch Augenschäden vermeiden helfen, weil dann die Druckwelle der Schüsse nicht direkt auf den Augapfel des Zielauges prallt und …«

»Das wissen wir, Herr Eskett. Schließlich sind wir vom Fach!«, unterbrach ihn Bauer zwo und ratschte seine lila Motorradlederjacke auf, um vor dem Optiker mit seiner Dienstwaffe zu protzen.

Die Mundwinkel des Optikers verzogen sich nach oben. Er griff unter die Ladentheke und holte aus einer Schublade eine alte *Dirty-Harry*-Smith & Wesson heraus, die gut und gern doppelt so groß war wie das Teil von Bauer zwo.

»Meine Herren!«, unterbrach Gesine, für die Hahnenkämpfe keinerlei Entertainmentwert boten. Und Größenvergleiche nur, wenn es dabei nicht um Waffen ging. »Die Sonderanfertigung?«

Der Optiker legte die Waffe zurück und schob die Schublade wieder zu. »Ja, an diese spezielle Schießbrille erinnere ich mich noch bestens. Ist auch noch nicht lange her. Eineinhalb Monate oder so. Der Mann war praktisch blind wie ein Maulwurf. Eine solche Dioptrienzahl habe ich nicht oft bei meinen Kunden.« Er bat sie in sein Büro und tippte etwas in seinen Computer ein. »Hier haben wir es ja. Der Name des Kunden lautet Schmälzle, Rüdiger Schmälzle. Aus Gelbingen.«

8

»Wo ist Ihr Mann, Frau Schmälzle?«

Die zierliche Brünette – ihre Schultern schienen in etwa so breit wie Gesines linkes Handgelenk – war ziemlich hübsch. Und ungefähr so gesprächig wie Lots Weib. Besonders gut war sie in den Disziplinen wortloses Kopfschütteln und stummes Schulterzucken. Da wäre olympisches Gold für sie drin gewesen.

Handelte es sich womöglich um eine Katalogfrau aus dem Osten? Sprach sie kein Deutsch?

»Frau Schmälz-le, ver-ste-hen Sie mich ü-ber-haupt?«, fragte Bauer zwo dezidiert und jede Silbe betonend, wie man es bei Langsamkapierern unwillkürlich tat. »Begreifen Sie, worum es hier geht? Eine Frau ist tot!« Bauer zwo lebte ungeniert seinen Hang zur Dramatik aus.

Das weibliche Kleinkind der Schmälzles konnte bereits allein aufs Töpfchen gehen. Das wurde in diesem Augenblick klar, als es stolz in die Küche stapfte, das Töpfchen mit der Wurst hinter sich herziehend.

»Es war ein Unfall«, hauchte seine Mutter endlich. »Mein Rüdiger wollte doch nur im Wald üben.«

»Das ist verboten!«, herrschte Bauer zwo. Einen Tick zu laut. Das Kleinkind fing an zu plärren. Mit dreistelliger Dezibelzahl.

»Nur eine kleine Schießübung, sonst nichts«, fuhr die Frau fort, als hätte sich Bauer zwo nicht in der Lautstärke vergriffen und als würde ihre Tochter nicht für eine Karriere auf den großen Opernbühnen dieser Welt üben. »Sein Magazin hatte zehn Schuss, aber er konnte nur neun Einschüsse in der Scheibe zählen. Und als er dann mitbekam, dass …« Sie schüttelte den Kopf. »Mit diesem Wissen konnte er einfach nicht leben! Aber das Schlimmste will man ja nicht wahrhaben, oder? Wie soll ich das nur später meiner Kleinen erklären?«

»Wo ist er, Frau Schmälzle!«, drängte Gesine.

Frau Schmälzle schüttelte nur den Kopf.

»Wo!«, bellte Gesine.

Frau Schmälzle fing an zu heulen. »Auf … dem Einkorn …« Die Stimme versagte ihr.

Ihrem Kind nicht. Das plärrte ungebrochen weiter. Schien nicht einmal Atem holen zu müssen. Schrie einfach durch.

Als Gesine und Bauer zwo das Heim der Schmälzles verließen, taten ihnen die Ohren weh.

9

Mit Blaulicht raste der Audi zum Einkorn. Gesine saß am Steuer. Sie liebte es, mit Blaulicht zu fahren. Deswegen hatte es damals bei ihrer Berufswahl auch nur drei Möglichkeiten gegeben: Polizistin, Feuerwehrfrau oder Rettungssanitäterin.

Bauer zwo zog seine Dienstwaffe und polierte sie quietschend an seiner Ledermontur.

»Was wollen Sie denn damit?«, fragte Gesine, ohne den Blick von der Straße zu nehmen.

»Man weiß nie, ob der sich nur selbst erschießt oder ob er uns mitnimmt, wenn er uns kommen sieht ...«

»Der Mann will aus Verzweiflung über einen schrecklichen Unfall Selbstmord begehen. Vor dem müssen wir keine Angst haben.«

Bauer zwo schnaubte. »Unfall? Wenn einer, der keinen Deut besser sieht als ein Maulwurf, an einem öffentlichen Ort Schießübungen durchführt? Das ist kein Unfall, das ist Fahrlässigkeit!«

»Darüber haben die Richter zu entscheiden. Unsere Aufgabe ist es jetzt, den Mann zu retten.« Gesine trat aufs Gas.

Mit weit überhöhter Geschwindigkeit schoss sie über den Kreisverkehr, verpasste die richtige Abfahrt, donnerte am Bahnhof Hessental vorbei, drehte um, raste zum Kreisverkehr zurück und bog schließlich korrekt zum Einkorn ab.

Auf dem Parkplatz stand nur ein einziger Wagen. Laut Zulassungsstelle gehörte der türkisfarbene Opel Corsa dem Gesuchten.

»Herr Schmälzle!«, rief Bauer zwo, als er aus dem Dienstfahrzeug sprang. »Tun Sie es nicht, denken Sie an Ihr Töchterchen!«

Gesine Bauer schüttelte innerlich den Kopf. Weit und breit war niemand zu sehen. Bauer zwo rief seine Aufforderung ins Nichts.

»Ausschwärmen!«, befahl sie und bezweckte damit nichts weiter, als ihren Assistenten loszuwerden. Was ihr auch gelang. Bauer zwo lief in den Wald.

Gesine Bauer sah zu dem Aussichtsturm auf dem Einkorn. Von dort oben hatte man einen fantastischen Blick über die gesamte Ebene.

Durchtrainiert, wie sie war, fiel es ihr nicht schwer, die Holztreppe zur Aussichtsplattform des Turmes zu erklimmen.

Schmälzle stand am Geländer und sah in die Richtung, in der Gelbingen und seine Frau und sein Kind lagen. In der Hand hielt er eine SIG-Sauer P 226 Mosquito, Kaliber neun Millimeter Parabellum.

Hatte sie ihn jetzt wirklich in einem sentimentalen Moment erwischt, oder konnte er sich einfach nur nicht entscheiden, ob er springen oder sich erschießen sollte?

Gesine atmete leise. Oberstes Gebot: Jetzt nur nicht auf sich aufmerksam machen und den Mann zu einer Verzweiflungstat treiben. In seiner Panik entschloss er sich sonst womöglich, seine Schuldgefühle durch eine Gewalttat an ihr zu ersticken …

Also Ruhe!

Das hätte sie aber auch ihrem Handy sagen sollen. Mit rauchig-erotischer Stimme fing Barry White an zu singen. Auf dem Display erschien der Kopf von Bauer zwo, obenrum schütter, in der Mundregion haarig.

Schmälzle drehte sich zu ihr um.

Sie klappte ihr Motorola-Handy auf. »Jetzt nicht!«

»Ich wollte nur sagen, hier unten ist er nicht«, rief Bauer zwo, und er rief es so laut, dass es keines Mobilfunknetzes bedurft hätte. Man hörte ihn auch so.

Schmälzle sah sie waidwund an. »Sie haben's auch nicht leicht, oder?«, sagte er.

Gesine Bauer seufzte.

10

Herr Schmälzle, tun Sie jetzt nichts Unüberlegtes!«, bat Gesine eindringlich.

»Zu spät.« Er ließ die Schultern hängen.

Wieso zu spät?, wollte sie fragen, Sie leben doch noch!

»Chefin? Was ist los?«, hörte man Bauer zwo aus dem noch aufgeklappten Handy rufen. »Wo sind Sie, Chefin?«

»Herr Schmälzle …«, fing Gesine erneut an.

»Ich bin nicht der Rüdiger. Ich bin der Gernot. Gernot Bergedorf.« Der Mann streckte ihr wie zur Begrüßung die Hand hin. In der er allerdings die SIG-Sauer hielt. Gesine nahm das tendenziell als Bedrohung war.

Bevor sie jedoch die Dienstwaffe zücken konnte, bemerkte er selbst, wie das aussah. Rasch packte er die Waffe am Lauf und hielt ihr den Griff entgegen. »'tschuldigung.«

Gesine nahm ihm die SIG-Sauer Mosquito ab. »Gernot Bergedorf?«

Er nickte. »Ich bin ein Freund der … Familie. Rüdiger und Karina haben mich gebeten, ihnen zu helfen. Ich sollte die Waffe hier oben vergraben. Und dem Rüdiger habe ich mein Auto geliehen, weil das schneller ist. Der ist vermutlich schon in Frankreich.«

»Frankreich?«, sagte Gesine.

»Frankreich?«, rief Bauer zwo aus dem Handy. Sie klappte es zu.

Bergedorf nickte. »Er wollte einfach ein schnelles Auto. Wozu sonst, wenn nicht zur Flucht?«

Gesine dachte an die Worte von Schmälzles Frau, dass er mit seiner Tat nicht leben konnte. Sie hatte nicht den Eindruck gehabt, dass Schmälzle damit meinte, er könne nur in Deutschland nicht damit leben, in Frankreich aber schon.

Aber das sagte sie Bergedorf nicht. Der hatte jetzt andere Probleme. Beihilfe nannte man das.

Weder Bergedorf noch Gesine Bauer wussten, dass Schmälzle in diesem Moment bereits in allzu inniger Umarmung mit einer deutschen Eiche verschmolzen und gewissermaßen seinem himmlischen Richter gegenübergetreten war.

11

Okay, ihr erstes Tötungsdelikt in Schwäbisch Hall war kein spektakulärer Mordfall, nur ein tragischer Unglücksfall, aber sie hatte ihn gelöst.

Also gut, der Täter hatte sich durch Suizid seiner weltlichen Verantwortung entzogen, aber das hatten die karmischen Kräfte im Universum zu verantworten. Auf das Konto des Karmas ging es auch, dass Bergedorf sich widerstandslos von ihr hatte abführen lassen. Frau Schmälzle würde Herrn Bergedorf die nächste Zeit nur im Besuchsraum der Justizvollzugsanstalt zu sehen bekommen. Wann die kleine Schmälzle wohl anfing, ihn Papa zu nennen?

Gesine Bauer war jedenfalls ihrer Beamtenpflicht getreulich nachgekommen.

Na schön, ihr Assistent war ein intellektuell minderbemittelter, körpergrößenbenachteiligter Möchtegernmacho mit einem Gesichtsbehaarungsproblem, aber irgendetwas hatte er an sich, was in ihr die »Sherly Holmes« weckte und sie zu Höchstleistungen inspirierte. Er war quasi ihre Muse. Das ließ für ihre gemeinsame berufliche Zukunft Großes erhoffen.

Und ja, sie dachte nicht mehr oft an Benoît, seit sie regelmäßig an Doktor Sczerpansky dachte.

Glück, das ist ein Mosaikbild, zusammengesetzt aus lauter unscheinbaren, kleinen Freuden. Gesine hatte es erst nach Schwäbisch Hall verschlagen müssen, um das zu lernen.

12

Es geschah im REWE im innerstädtischen Kocherquartier an der Tiefkühltruhe.

»Frau Bauer, Sie auch hier?«

Samstagabend, 18 Uhr. Doktor Sczerpansky stand plötzlich neben ihr, als sie gerade ins Pizzafach greifen wollte. Sie hatte lange geschlafen, im Bett gelesen, noch eine Runde gepennt, war dann drei Mal durch den Stadtpark gejoggt, den man hier »die Ackeranlagen« nannte, und wollte sich nun ihr Abendessen kaufen. Nur eine Pizza und eine Flasche Cola Zero – bis zu ihr nach Hause war es ja noch ein Stück, aber in der Kreuzäckersiedlung hatte am späten Samstagnachmittag kein Laden mehr geöffnet. Sie sah folglich verpennt und verschwitzt aus und roch zweifelsohne auch so.

Wohingegen Doktor Sczerpansky aussah wie aus dem Ei gepellt. Unter dem T-Shirt und den Jeans musste man seinen durchtrainierten Körper nicht erahnen, man sah ihn.

»Der Mensch muss essen, nicht wahr?«, sagte sie schroff und beugte sich tief ins Pizzafach. Wenn sie sich jetzt wieder aufrichtete und ein rotes Gesicht hatte, würde er es auf die körperliche Ertüchtigung schieben, nicht darauf, dass sie sich wie eine Vierzehnjährige fühlte, deren Tanzschulschwarm gerade auf sie zugetreten war.

»Pizza«, konstatierte er.

»Ich liebe Pizza.« Gesine pustete sich eine Locke aus dem Gesicht. Sie hielt eine Spinatpizza mit Salami in der Hand. Die würde zu Hause sofort entsorgt werden. Oder sie würde ihre Vermieterin damit beglücken.

»Ich liebe Pizza auch, aber nicht als Fertigprodukt.« Er grinste. Über alle vier Backen. Man sah ihr an, wie gern sie ihn mit der breiten Pizzaschachtel (drei zum Preis von zwei) erschlagen hätte. »Kann ich Sie zum Essen einladen? Ein Willkommensessen. Sie sind ja noch neu in der Stadt. Ich kenne den besten Italiener weit und breit.«

Gesine wurde noch röter.

13

Und wie ich Italiener bin! Meine Mutter stammt aus Riva am Gardasee. Von ihr habe ich das Kochen gelernt.«

Herrliche Düfte zogen durch die Junggesellenküche von Mario Sczerpansky.

Gesine Bauer saß auf einem der Hocker an der Theke und sah ihm beim Kleinschneiden des Gemüses zu. Im Hintergrund sang Gino Paoli *Senza fine* aus den Bose-Boxen.

Sczerpansky, wie sie ihn innerlich immer noch nannte, weil sie es kollegial belassen wollte, machte eine gute Figur in der Küche. Seine schulterlangen Locken, die er auch in seiner Freizeit zu einem Pferdeschwanz zurückgebunden hatte, waren von grauen Einsprengseln durchsetzt. Er trug ein lässig aufgeknöpftes, weißes Hemd und eine dunkle Stoffhose. Hatte sich Mühe gegeben.

Gesine war zwar noch zu Hause gewesen und hatte geduscht, aber bei der Kleidung hatte sie extra einen Gang zurückgeschaltet. Weil … genau: nur ein kollegiales Beisammensein!

Aber es ließ sich nicht leugnen: Sie war fasziniert von

seinem geistreichen Charme, seiner Vorliebe für sinnliche Genüsse, seinem Wein. Ein Donnafugata.

»Sie überraschen mich«, sagte Gesine.

»Wollen wir uns nicht duzen? Ich bin Mario.«

14

Sein Liebesspiel war das eines Könners. Zweifellos durch häufiges Üben zur absoluten Perfektion gebracht. Casanova, Porfirio Rubirosa, Julio Iglesias – verneigt euch vor dem Meister. Gesine ließ es atemlos mit sich geschehen, und immer, wenn sie glaubte, eine größere Verzückung könne es unmöglich geben, wurde sie eines Besseren belehrt.

Es war natürlich nicht alles perfekt verlaufen. Ihre Ohrringe hatten sich in einem Büschel seines dichten Brustbartes verfangen und dieses schmerzhaft entwurzelt. Aber die Gesamterfahrung war durchaus als orgasmisch zu bezeichnen.

Beide Male.

»Mario«, hauchte sie hinterher und kuschelte sich wohlig in seine Armbeuge.

»Mmmm …«, murmelte er, weil er schon kurz vorm Einschlafen war.

Er küsste sie zärtlich auf die Stirn.

Gesine hoffte, dass ihre Wimperntusche nicht allzu verschmiert war. »Mario«, murmelte sie erneut. An diesen Namen würde sie sich gewöhnen wollen. »Mario, Mario, Mario.«

Sie lächelte.
Er lächelte auch. Und murmelte: »Mmmmm, Ursula …«

15

Baubürgermeister Kümmerlein kauerte über dem Lenkrad seines metallicgrauen Porsches. Das Hemd war ihm aus der Hose gerutscht, die Haare scheitelten sich unvorteilhaft nach links, und in seinem Schoß prangte ein großer Fleck. Aber es war ihm egal, denn da, wo sich Bürgermeister Kümmerlein jetzt befand, waren Äußerlichkeiten kein Thema. Und die fleischliche Hülle, die sich in dem Porsche befand, war mausetot und konnte seinetwegen aussehen, wie sie wollte.

Gesine Bauer sah das natürlich anders. Ihr wäre es lieber gewesen, der Baubürgermeister würde nicht so unschön erschossen mitten auf dem Haalplatz in seinem unvorschriftsmäßig geparkten Auto kauern. Besser noch, es hätte irgendein Normalo in einem Volkswagen oder Ford sein sollen, und nicht gerade der Baubürgermeister so kurz vor der Wahl. Aber das Schicksal hatte sie nicht gefragt, sondern einfach mal wieder getan, was es sonst auch so gern tat: ihr Knüppel vor die mangelhaft enthaarten Beine geworfen.

»Und?«, knurrte sie den Pferdeschwanz von Gerichtsmediziner Sczerpansky an.

Sczerpansky drehte sich nicht um. Lieber würde er sich geheiligte Männerweichteile eigenhändig mit einem stumpfen Buttermesser absäbeln, als sich nach ihrem Jahrhundertstreit vom letzten Wochenende bei ihr zu entschuldigen.

Bitte, das konnte doch mal vorkommen, dass man im Halbschlaf einen falschen Namen hauchte! Er wusste durchaus, dass er mit Gesine geschlafen hatte. Mit der Frau, die ihm seit seiner ersten Begegnung nicht mehr aus dem Kopf gegangen war. Mein Gott, er kannte gar keine Ursula!!!

Und was war Gesine ausgeflippt. Das traute man einer Norddeutschen gar nicht zu. Jedenfalls waren böse Worte und ein Weinglas geflogen und seitdem herrschte Eiszeit.

Wenn er dieser blonden Amazone jetzt allerdings in die blauen Augen geschaut hätte, würde sie seine selbstkasteiende Zerknirschung aus seinen Braunaugen herauslesen können. Und das durfte nicht sein. Folglich verharrte er über dem Leichnam, unvorteilhaft nach vorn gebeugt, und knurrte: »Immer langsam mit den jungen Pferden. Im Moment ist nur klar, dass er erschossen worden ist. Vermutlich in den frühen Morgenstunden. Mit diversen kleineren Wunden, die ich noch nicht konkret zuordnen kann.«

Gesine schnaubte. Ein Schnauben, das durchblicken ließ, dass jeder andere Gerichtsmediziner die Wunden mühelos auf einen Blick hätte zuordnen können. Erst ihr

Exmann, jetzt Mario Sczerpansky … wenn das so weiterging, würde sie sich Männer abgewöhnen müssen. Untreues Pack! Sie würde als alte Jungfer mit zwei Dutzend Katzen enden. Dabei hatte sie eine Katzenallergie.

Bauer zwo, Gesines Assistent, jodelte vom Beifahrersitz des Porsches: »Ich habe sein Handy gefunden.«

»Die zuletzt angerufenen Nummern sichern.« Gesine konstatierte gern das Offensichtliche, weil es sonst unkonstatiert und folglich auch ungetan blieb.

Sie selbst rief im Büro des Bürgermeisters an und erfuhr, dass er gestern gegen neunzehn Uhr das Rathaus verlassen hatte. Abendtermine waren nicht vorgesehen gewesen. Gesine hoffte, es würde sich als Routinefall erweisen: entweder die Ehefrau mit oder ohne Hilfe ihres Geliebten oder ein politischer Gegner mit oder ohne Hilfe eines Profis.

Sie seufzte.

Und schnaubte noch einmal in Richtung des Rückens von Doktor Sczerpansky. Nur so. Aus Prinzip.

16

Karin Kümmerlein schluchzte lautlos in ihren Jackenzipfel. Es war der Zipfel einer Chanel-Jacke. Vornehm geht die Welt zugrunde, dachte Gesine. Was verdiente so ein Baubürgermeister eigentlich?

»Wissen Sie, was Ihr Mann gestern Abend vorhatte?«, wiederholte sie bemüht freundlich.

Die frisch gebackene Witwe schüttelte den modisch frisierten Kopf. »Kurz vor dem Wahlkampf ist er ständig unterwegs. Ich kenne nur die Termine, bei denen meine Anwesenheit gefragt ist. War.« Sie rotzte neuerlich, nun in den anderen Jackenzipfel. Würde sie die Jacke reinigen lassen oder doch gleich eine neue kaufen? Die beiden Frauen hatten dieselbe Größe. Kurz überlegte Gesine, ob sie mal im Secondhandladen in der Zollhüttengasse vorbeischauen sollte. Vielleicht konnte sie ein Schnäppchen machen …

»Waren Sie Ihrem Mann treu?«, fragte sie beiläufig. Ihr Ansatz lautete immer: frisch von der Leber weg.

Karin Kümmerlein stockte. »Wie bitte?«

Wollte sie Zeit gewinnen? Oder war sie wirklich so geschockt, wie ihre Botox-gestraffte Stirnhaut es vermuten ließ, wenn auch nur ansatzweise?

»Ich habe gefragt, ob Sie einen Geliebten haben?«

Die aufgespritzten Kümmerleinlippen wurden trotz Collagen erstaunlich spitz.

»Nein.«

Gesine glaubte ihr. Nicht unbedingt, dass sie keinen Geliebten hatte, aber dass sie keinen Mord begangen hatte. Man brachte die Kuh, deren Milch einem Haute Couture und Schönheitschirurgen persischer Herkunft ermöglichte, nicht um.

17

Gertrud Wittke war eine süße Blondine in Petite-Größe. Es ging das Gerücht, dass sich hinter dieser niedlichen Fassade eine wahre Eisenfresserin verbarg. Beim Blick in die stahlgrauen Augen fühlte sich Gesine bemüßigt, dem Gerücht beizupflichten. Die Wittke hatte sich den Baubürgermeisterposten in den Kopf gesetzt, und sie pflegte immer alles zu bekommen, was sie wollte.

Notfalls auch mit roher Gewalt?

»Wo waren Sie heute Nacht?«, fragte Gesine.

»Im Bett. Mit meinem Hund.« Die Wittke zögerte keine Sekunde. Aber einem knallharten Menschen sollte es ja nicht schwerfallen, cool zu lügen. Zumal nicht einer knallharten Politikerin. »Sie können gern Haarproben vom Laken nehmen.«

Gesine lächelte. »Das wird nicht nötig sein. Sie wissen aber schon, dass der Haalplatz seit Neuestem elektronisch überwacht wird?«

Die Wittke lächelte jetzt auch. »Meine Liebe, halten Sie mich für so schlicht gestrickt, dass ich einen politischen Konkurrenten persönlich aus dem Feld räumen würde?«

Sie klopfte neben sich auf die pfirsichfarbene Chaiselongue, und ein beiger Mops hechtete nach oben. »Ich habe auch keinen Auftragskiller angeheuert, das kann ich Ihnen versichern. Kümmerlein war kein ernst zu nehmender Konkurrent für mich. In Insiderkreisen war sehr wohl bekannt, dass sein Privatleben ihm über kurz oder lang das Genick brechen würde. Ich wollte für ›kurz‹ sorgen, aber dieser Mühe bin ich nun ja entledigt.«

Die stahlgrauen Augen wurden plötzlich milchig weich. »Dutzi, dutzi« – gurrend beugte sich die Wittke über den hechelnden Plattnasenhund und drückte ihm einen dicken Schmatz auf die faltige Stirn. »Meine Kleine ist nämlich schwanger und bekommt bald ganz viele kleine Babys. Gell, meine Süße? Dutzi, dutzi, du.«

Einen Moment lang sah Gesine Bauer ihre altjüngferliche Zukunft vor sich. Sie und die Wittke vor dem Café am Markt, wie sie gegenseitig Fotos tauschten – die Wittke von ihren Möpsen und sie von ihren Katzen…

18

»Ich habe etwas herausgefunden«, trällerte Bauer zwo, als Gesine in ihr Büro kam. Sie teilte sich das Eckbüro mit Bauer zwo, aber da, wo er saß, hätte sie sich gut auch einen Gummibaum vorstellen können.

»Ach ja?« Gesine hob eine Augenbraue.

»Die letzte Nummer, die Kümmerlein auf seinem Handy angerufen hat, ist die Privatnummer einer Wohnung in der Haalstraße, keine zehn Meter vom geparkten Wagen entfernt!«

»Was machen Sie dann noch hier?«, verlangte Gesine zu wissen.

Bauer zwo biss sich auf die Unterlippe. »Na, ich wollte auf Sie warten.«

»Das ehrt Sie, aber Ihrer Karriere ist das nicht gerade förderlich. Mehr Initiative, Bauer zwo, mehr Initiative!«

Bauer zwo zog schmollend ab. Gesine schloss sich ihm nicht an. Die Adresse sagte ihr alles.

Das also war Kümmerleins genickbrechendes Geheimnis gewesen.

19

Letztendlich musste sie sich doch in die Wohnung von Lutger Gehring bequemen. Weil er strikt die Aussage verweigerte. Und sich nicht aus seiner Badewanne rührte. In der er mit einer Delle im Schädel lag.

»Ein Beziehungsmord!«, spekulierte Bauer zwo auf seine genial danebenliegende Weise.

»Ach ja?«, spottete Gesine. »Erst erschießt er seinen heimlichen Liebhaber und dann schlägt er sich in der Wanne reuig selbst den Schädel ein?« Sie sah auf den Toten im Wasser, der bereits eine ganz schrumpelige Haut hatte.

Bauer zwo schmollte schon wieder. Wenn er so weitermachte, würden die Schmollfalten eines Tages tief in sein Gesicht gegraben sein. »Vielleicht hat er sich ja die Pulsadern aufschneiden wollen und ist dabei unglücklich ausgerutscht.«

»Und wo ist das Messer, mit dem er das tun wollte?« Gesine lachte innerlich. Behielt aber ihren strengen Gesichtsausdruck bei. »Sczerpansky?«, sagte sie nur, während Bauer zwo mit den Augen den Badezimmerboden nach einem Messer absuchte.

Der Gerichtsmediziner schob sich hinter den Duschvorhang hervor. Sie hätte ihn zu gern gefragt, was er in der Dusche zu suchen hatte, wo der Tote doch in der Wanne lag, aber seit sie das Badezimmer betreten hatte, betrieb er dort schon seine Duschflieseninspektion. Jetzt sagte er – nicht zu ihr, sondern zu Bauer zwo: »Den Kopf hat er sich offenbar wirklich bei einem Sturz eingeschlagen.«

Ein triumphierendes Grinsen zog sich unter dem ungetrimmt buschigen Schnauzer über die geröteten Wangen von Bauer zwo. Ein Grinsen, das sich jedoch schlagartig in Luft auflöste, als Sczerpansky fortfuhr. »Die Todesursache ist allerdings eine Schussverletzung. Unter der Wasseroberfläche.«

Bauer zwo sah auf den Toten in der Wanne. Er nahm sich fest vor, bei künftigen Badewannenleichen erst einmal das Wasser abzulassen. Tatortunversehrtheit hin oder her.

»Ich schätze, er wurde vor der Wanne stehend erschossen. Die Kugel hat ihn umgerissen, er ist in die Wanne gefallen und hat sich dabei den Kopf eingeschlagen. Deswegen ist der Badezimmerboden auch so nass – das Wasser schwappte heraus, als er in die Wanne fiel. Ich tippe übrigens auf dasselbe Kaliber wie bei Kümmerlein.« Der Duschvorhang nässte Sczerpanskys Seidenstickerhemd durch, aber er wollte verflucht sein, wenn er sich zu Gesine umdrehte. Ein Mann hat auch seinen Stolz!

20

Nun ja, in einer Kleinstadt spricht sich manches schnell herum. Und in einem überschaubar großen Amt wie dem unseren sowieso. Es war im Kollegenkreis kein Geheimnis, dass Kümmerlein schwul war. Warum auch? Nun ja, und Lutger kannte ohnehin die ganze Stadt. Er ist … war … äh … recht skurril.« Skurril war offenbar Hermann Liesings Umschreibung für tuntig.

Liesing, Leiter des Bildungsreferats der Stadt Schwäbisch Hall, klopfte mit dem Bleistift auf die Schreibtischauflage. Gesine vermutete keine Nervosität, sondern tippte auf Schilddrüsenüberfunktion. Liesing zuckte nämlich auch mit den Beinen. Und den Ohrläppchen.

Sie musste sich zwingen, den Blick abzuwenden.

»Und dass Gehring mit Baubürgermeister Kümmerlein eine heimliche Affäre hatte? War das auch bekannt?«

Sollte Gesines Chef jemals herausfinden, wie unverfroren sie den Ruf eines frisch verblichenen Rotarierkollegen ankratzte, würde sie demnächst auf der Crailsheimer Straße vor der Bausparkasse Schwäbisch Hall den Verkehr regeln.

»Nein, das war zumindest mir nicht bekannt. Und es geht mich auch nichts an.« Nach unten links gedrehte Augäpfel – eindeutig eine Lüge.

»Was genau war denn die Aufgabe von Herrn Gehring hier im Amt?«

»Ihm oblag die Beschaffung sämtlicher Arbeitsmaterialien – von der Druckertinte bis hin zu notwendigen Amtsformularen.« Liesing stockte kurz. »Und natürlich betreute er das Projekt Hochbegabtenförderung.«

Gesine schaute fragend.

»An der hiesigen Grundschule am Langen Graben gibt es ja schon lange eine besondere Förderung begabter Kinder. Wir wollten dieses vorbildliche Vorgehen jetzt auch auf unsere städtischen Gymnasien ausweiten. Die Plätze für das Pilotprojekt sind natürlich begrenzt. Aufgrund seiner speziellen Ausbildung war es die Aufgabe von Herrn Gehring, geeignete Schülerinnen und Schüler auszuwählen.«

Gesine kam ins Grübeln.

21

Die Wittke war's, das hab ich im Urin«, trötete Bauer zwo über das Gurgeln der Bürokaffeemaschine hinweg.

»Sie werden es nie zu etwas bringen, wenn Sie weiterhin mit Ihrer Blase denken«, meinte Gesine. »Haben Sie die Liste?«

»Das ist doch eine reine Arbeitsbeschaffungsmaßnahme«, empörte sich Bauer zwo.

Meuterei?

Sczerpansky trat mit seinem Kaffeebecher ins Büro, sah Gesine und kehrte auf dem Absatz um.

»Was hat der denn?«, wollte Bauer zwo wissen.

Gesine ging nicht darauf ein.

»Ich will die Liste aller Kinder, die Gehring für die Hochbegabtenförderung abgelehnt hat«, verlangte sie. »Mit Adresse.«

Sie goss Milch in ihre Tasse. Die Milch war sauer.

Bauer zwo griente.

22

Die Plastikfolie über dem Sessel knirschte. Außerdem klebte Gesine angesichts der Hitze mit den Oberschenkeln fest.

»Mit Folie lässt sich die Wohnung leichter sauber halten«, entschuldigte sich Astrid Schmoller, der Gesines missbilligender Gesichtsausdruck nicht entgangen war. »Tagsüber, so lange Maria-Anna in der Schule ist, gehe ich putzen. Und jede freie Minute gehört dann natürlich Maria-Annas Fördermaßnahmen.«

Maria-Anna, eine schlaksige Vierzehn- oder Fünfzehnjährige, deren IQ selbst Einstein die Schamesröte ins Gesicht getrieben hätte, saß verschüchtert neben ihrer Mutter.

»Sie müssen sehr stolz auf Ihre Tochter sein«, fing Gesine an.

Astrid Schmoller strahlte auf. Was sie leider auch nicht hübscher machte. Ihr Mondgesicht war bestenfalls nichtssagend zu nennen. Ehrlicher wäre »teigig« gewesen. »Natürlich gibt es deutschlandweit zahlreiche Fördermaßnahmen für so hochbegabte Kinder wie meine Maria-Anna. Aber ein Programm direkt hier in Schwäbisch Hall ist freilich ein Glücksfall, so müssen wir nicht umziehen. Meinem Mann ist das lieber.«

Gesine stutzte, sah in die Akte auf ihrem Schoß, schaute wieder auf. »Entschuldigen Sie, ich dachte, Sie seien verwitwet.«

Maria-Anna wurde rot. »Mama meint, dass wir Papa dann weiter gießen können. Er liegt auf dem Waldfriedhof.«

Astrid Schmoller nickte. »Wie ich sagte, ein Glücksfall.«

23

Ich will alles über diese Schmoller wissen.« Gesine warf ihre bei eBay erworbene Bogner-Handtasche auf den Schreibtisch. Sie setzte sich vorsichtig auf ihren Stuhl, die vom Plastik wund geriebenen Stellen meidend.

»Mutter oder Tochter?« Bauer zwo stand ›Fletcher Christian‹ quer über die Stirn geschrieben. Die *Bounty* ließ grüßen.

»Wer hat den interessanteren Lebenslauf?« Gesine blieb angesichts dieser Meuterei gelassen. Man wusste ja, wie das ausgegangen war. Und auch hier und heute würde die Meuterei kein gutes Ende nehmen. Statt einer Insel in der Südsee wartete eine Verkehrsinsel auf den Meuterer.

Bauer zwo wühlte in seinem Aktendschungel, den er – das musste man ihm lassen – wie kein anderer kannte. Sollte es ihn mit seinem Motorrad irgendwann wegen Aquaplanings final aus der Kurve tragen, würde sich kein anderer in diesem Chaos aus Papier zurechtfinden. Man würde alles verbrennen und von Null anfangen müssen.

»Astrid Schmoller, 38, abgebrochenes Informatikstudium, abgebrochene Schauspielkarriere, abgebrochene Ehe.«

»Abgebrochene Ehe?«

»Ihr Mann hat sich den Suizid gegeben. Gleich nach der Geburt der Tochter.«

Die arme Frau. Gesine dachte es nur, sprach es nicht aus. Subalternen Männern zu zeigen, dass man Gefühle hatte, brachte als Frau im gehobenen Polizeidienst nichts.

»Und die Tochter ist ganz genauso«, ergänzte Bauer zwo.

»Eine Anwärterin auf ein Leben voller Abgebrochenheiten?«, fragte Gesine.

»Nein, suizidgefährdet.«

»Sagt wer?«

»Sagt ihre Akte.«

24

Maria-Anna schlürfte ihren Eiskakao. Sie sah Gesine nicht in die Augen.

»Also schön«, fing Gesine an, die seit ihrer Pubertät keinen Kontakt mehr zu Teenagern gehabt hatte und sich etwas unbeholfen fühlte. »Wie war Herr Gehring so im Umgang?«

»Ganz okay.«

»Aha.« Gesine sah in ihren Eiskaffee. »Also, Herr Gehring hat dich auf deine Eignung für das Hochbegabtenprogramm getestet. Fandest du ihn fair?«

»Er war ganz okay.« Maria-Anna schien nur eine Tonart zu kennen: monoton.

Gesine fühlte sich in einer Sackgasse angekommen. »So okay kann er nicht gewesen sein. Schließlich hat er dich abgelehnt. Das haben wir nicht aus deiner Akte. Der Teil fehlt merkwürdigerweise. Muss irgendwie abhanden gekommen sein. Aber in seinem Büro im Bildungsreferat fanden wir eine Diskette mit allen Ablehnungen.«

Maria-Anna zuckte mit den Schultern.

Gesine blieb eisern. »Das hast du deiner Mutter nicht gesagt. Du hast sie in dem Glauben gelassen, ihre

Investitionen in deine Ausbildung würden Früchte tragen.«

Maria-Anna schlürfte geräuschvoll.

Ihr Vater war Jäger gewesen. Da hatte es im Nachlass zweifelsohne die eine oder andere Schusswaffe gegeben. »Hast du ihn erschossen?«

Maria-Anna verschluckte sich. Ihre kindlich aufgerissenen Augen erwiderten zum ersten Mal Gesines Blick. »Nein!«

Gesine legte den Kopf schräg.

»Okay, ich hab den blöden Abschlussbericht vorgeschoben, aber ich wollte nur Zeit gewinnen. Nächsten Monat werde ich sechzehn. Dann kann ich heiraten. Thomas und ich haben schon alles klar gemacht.«

»Thomas?«

»Aus meiner Klasse.«

»Maria-Anna, auch mit sechzehn heiratet es sich nicht so einfach. Du brauchst eine Ausnahmegenehmigung.«

»Die kriegt man locker, wenn man schwanger ist.«

Gesine sah sprachlos auf Maria-Annas gepiercten Bauchnabel, der sich in der Tat ein wenig spannte.

25

Wie kommen Sie auf die alberne Idee, die Kleine sei suizidgefährdet?« So laut hatte Gesine ihren Assistenten Bauer zwo noch nie angefahren. Entsprechend kleinlaut zuckte er zurück.

»Sie hat doch auf dem letzten Kinderflohmarkt ihre gesamte Habe verkauft – Games, Fummel, alte *Bravo*-Hefte. Einfach alles. Wie jemand, der mit dem Leben abschließt. Stand in der Akte von Gehring. Er tippte auf Suizidgefahr.«

»Typisch Männer«, fuchste Gesine. »Sie hat nicht mit dem Leben an sich abgeschlossen, sondern mit ihrer Kindheit. Die Gute wird Mutter und tritt somit ins Erwachsenenleben ein.«

»Hoher IQ schützt vor Dummheit nicht«, spottete Bauer zwo, der damit nicht Schwangerschaften per se meinte, sondern Teenagerschwangerschaften. Er zupfte an seinem Schnauzer. »Kinder muss man verantwortungsvoll in die Welt setzen. Ich bin mir jedenfalls meiner Pflicht als Bürger und Vater bewusst.« Er zog etwas Undefinierbares aus den Schnauzerhaaren und inspizierte es.

Gesine sagte nichts. Sie hätte am liebsten gesagt, dass Bauer zwo sich hoffentlich niemals vermehren würde. Aber das sprach sie nicht aus. Stattdessen sah sie wieder auf die Pinnwand, an der die Fotos aller Verdächtigen im Fall Kümmerlein/Gehring hingen.

Irgendetwas übersahen sie doch, nur was?

26

Gegen zwanzig Uhr am Tag nach den Morden an Baubürgermeister Kümmerlein und Bildungsreferatsmitarbeiter Gehring schleppte Bauer zwo Adriana Scarlatti an. Die Kollegen des nächtlich patrouillierenden Streifenwagens hatten die Kellnerin kurz vor der mutmaßlichen Tatzeit gesehen, wie sie die Eisdiele schloss.

»Ich bin nur Aushilfskellnerin«, wehrte sie gleich ab. »Ich weiß nichts. Absolut rein gar nichts.«

Gesine bot ihr einen Kaffee an. »Sie waren gestern Nacht gegen ein Uhr noch fleißig?«

»Das Café war aber schon geschlossen. Wir haben nicht gegen die Öffnungszeiten verstoßen. Ich habe nur die Ketten noch um die Außentische gelegt. Und ich war dabei nicht zu laut.«

Offenbar glaubte die Kleine, es ginge um sie.

»Hören Sie, es ist mir egal, ob Sie zu nachtschlafender Zeit noch mit Ketten rasseln. Ich will wissen, was Sie gesehen haben. Wer war um diese Uhrzeit noch unterwegs?«

»Niemand«, sagte Adriana. Einen Tick zu schnell.

Gesine hob eine Augenbraue.

»Bis auf den besoffenen Penner mit der Narbe auf der Stirn. Der schleicht nachts immer über den Haalplatz. Und einen Taxifahrer, drüben am Taxistand. Und diese Alte mit ihrem Hund. Der Hund hat gejault. Ehrlich, sonst war da niemand.«

Bauer zwo drehte die Schreibtischlampe so, dass sie Adriana blendete. Dann beugte er sich weit über den Ausschnitt der rassigen Halbitalienerin. Offenbar hielt er sich für den Hauptdarsteller einer amerikanischen Polizeiserie und wollte den »bösen Cop« geben. »Ein Hund? Ein Hund, der jaulte? Warum?«

»Weiß ich doch nicht«, maulte Adriana und rückte etwas ab.

»Vielleicht, weil ein Schuss ertönte?« Bauer zwo blickte sie durchdringend an.

»Ein Schuss? Quatsch. Ich glaube, der Penner mit der Narbe hat den Hund getreten. Und daraufhin hat der Hund gebellt wie blöd. Vielleicht hat er ihn auch gebissen. Von einem Schuss weiß ich nichts.«

27

»Peppinella« stand auf der Hundemarke. Gesine hatte aus dem Drogeriemarkt Frolic mitgebracht, was der Mops sehr zu schätzen wusste. Sprach man auch bei einem weiblichen Mops von Mops? Oder hieß es Möpsin?

»Wissen Sie, dass der Haalplatz doch nicht elektronisch überwacht wird?«, fragte sie die Wittke.

Gesine saß mit dem Hund auf dem Besuchersofa im Rathaus, die Wittke thronte hinter ihrem Schreibtisch. Aus dem Büro schräg gegenüber, dessen Tür wegen der Temperaturen dieses ungewöhnlich heißen Septembers geöffnet war, ertönte die markante Stimme des Oberbürgermeisters, der eine flammende Rede einübte. Draußen vor dem Fenster schmetterten die Schauspieler des Freilichttheaters auf der ausladenden Treppe der St. Michaelskirche eine Nummer aus den *Comedian Harmonists*.

»Tatsächlich?«

Gesine streichelte die schwangere, kleine Hündin. »Ja. Offenbar wurde zwar aufgezeichnet, aber dann gab es Bedenken der Datenschutzbeauftragten.«

»*Ich* bin die Datenschutzbeauftragte.« Die Wittke klang unverbindlich.

»Richtig.« Gesine nickte. »Komisch, dass Ihre Bedenken am Morgen nach dem Mord aufkamen«, sinnierte Gesine. »Sie haben sich die Überwachungsbänder aushändigen lassen. Würden Sie sie an mich weitergeben?«

»Ich muss sie verlegt haben. Aber sobald meine Sekretärin sie findet, werde ich sie Ihnen zukommen lassen.«

Gesine nickte. »Natürlich, keine Eile.« Sie kraulte den Mops hinter den Ohren. »Ich habe jemand mitgebracht. Darf ich ihn hereinbitten?«

Die Wittke sah auf ihre Piaget-Uhr. Die verdienen hier alle zu viel im Rathaus, dachte Gesine.

»Es geht ganz schnell«, versprach Gesine.

Gleich darauf war das barocke Arbeitszimmer von ekligem Gestank erfüllt. Der Mops fand den Geruch betörend und leckte dem Penner begeistert die Hand. Der Penner streichelte den Mops und kannte anscheinend alle schwanzwedelinduzierenden Stellen des Tieres. Offenbar eine innige Penner-Mops-Freundschaft.

»Ich dachte es mir«, meinte Gesine.

Die Wittke tätigte derweil Unterschriften in ihrer Postmappe. »Was dachten Sie sich?«

»Es ging nicht um die Wahl. Es ging nie um die Wahl. Kümmerlein hat Ihren Hund getreten, nicht wahr? Er hat Ihren kleinen, schwangeren Dutzi-Dutzi-Liebling schnöde getreten. So fest, dass das arme Tier jaulte. Daraufhin musste er sterben. Ich wette, Sie hatten immer eine Waffe bei sich, wenn Sie nachts mit dem Hund Gassi gingen. Kümmerleins Liebhaber haben Sie anschließend nur umgebracht, um von sich abzulenken.«

Die Wittke signierte ungerührt noch ihre Postmappe zu Ende. Dann stand sie auf und strich sich das Tweedkostüm glatt. »Das klingt alles sehr interessant, aber nachweisen können Sie mir nichts.«

Sie schaute triumphierend. Zweifellos hatte sie die Aufzeichnungsbänder der Videoüberwachungskameras verbrannt und die Asche im Kocher versenkt.

Gesine blieb cool. »Wir haben einen Zeugen. Herrn Gessner.«

»Wen?«

»Mich«, sagte der Penner.

Die Wittke sah ihn an, als könne sie nicht glauben, dass Obdachlose auch so etwas wie einen Namen haben. »Oh bitte«, höhnte sie, »Aussage gegen Aussage. Wer glaubt schon diesem … Subjekt? Der ist doch asozial. Und daueralkoholisiert.«

»Ach, Frau Wittke, wir leben nicht mehr in der guten alten Zeit. Wohnsitzlose sind auch Menschen. Und darüber hinaus …« Sie winkte Bauer zwo mit dem Gerichtsbeschluss zur Schmauchhand-Untersuchung von Frau Wittke herein. »… lassen sich Schmauchspuren auf der Haut noch bis zu achtundvierzig Stunden nach der Tat nachweisen.«

Der Penner hob den Mops vom Boden. »Buchten Sie die Alte jetzt ein? Falls ja, kann ich dann den Hund kriegen?«

28

Gesine schloss befriedigt die Akte.

Die Wittke hatte ihren Anwalt eingeschaltet. So sehr Gesine es auch hasste, wenn der Urin von Bauer zwo recht behielt, war das immer noch besser als ein unaufgeklärter Mord.

Es klopfte an die Tür.

Doktor Sczerpansky trat ein. Sein Mund war missmutig verzogen, aber in seinem Blick lag eindeutig eine Entschuldigung. Die Flasche Wein in seiner Hand deutete auch in diese Richtung. »In meinem Leben gibt es keine Ursula. Hat es nie eine gegeben und soll es auch nie geben. Aber ich hätte gern eine Gesine in meinem Leben.« Die Worte purzelten nur so aus ihm heraus.

Wie süß.

Gesine lächelte.

Zum zweiten Mal an diesem Tag.

Neuer Rekord.

29

Der Notruf ging um dreiundwanzig Uhr elf in der Zentrale ein.

»Helfen Sie mir .... helfen Sie mir ... er bringt mich um ...« Die Frauenstimme wimmerte.

»Bitte nennen Sie Ihren Namen und Ihre Adresse.«

»Er bringt mich um ... Kai-Uwe Beckmann ... nein, bitte nein ...«

Mit einem Aufschrei endete das Gespräch. Abrupt.

30

Gesine Bauer beugte sich über die zusammengekauerte Frauenleiche.

»Ihr wurde offenbar der Schädel eingeschlagen«, mutmaßte sie, messerscharf aufgrund langjähriger Erfahrung. Und weil im Schädel der Toten ein beachtliches Loch klaffte.

Mario, der neben der Leiche in die Knie gegangen war, nickte. Hier war er allerdings nicht Mario, hier war er Gerichtsmediziner Doktor Sczerpansky. Er war verrückt nach seiner blonden Amazone, aber am Arbeitsplatz hatten sie völlige Kollegialität ausgemacht. Keine bedeutungsschwangeren Blicke, keine verstohlenen Berührungen im Vorübergehen. Das fiel ihm verdammt schwer. Wäre aber gerade jetzt auch irgendwie unpassend. Der Toten würde niemand mehr zärtlich über die Hand streichen. Er räusperte sich und riss sich zusammen. »Todesursache ist stumpfe Gewalteinwirkung. Todeszeitpunkt …«

»Exakt dreiundzwanzig Uhr elf, danke, ich habe den Notruf gehört.« Gesine sah sich in der spärlich, aber teuer möblierten Altbauwohnung um. Der Streifenwagen hatte knapp drei Minuten gebraucht, um zu der Wohnung zu kommen, die zu der Nummer auf dem Notrufdisplay gehörte, aber es war bereits zu spät. Katrin Bärling lag in einer Blutlache vor dem aufgeklappten Backofen. Es war heiß. Und roch nach Pizza. Mittlerweile hatten die Kollegen von der Spurensicherung den Backofen ausgeschaltet, aber es roch immer noch nach Pizza. Peperoni. Salami.

Gesine bekam Hunger. Ihr Abendessen hatte aus einem Salat bestanden, weil sie für Mario schlank und schön sein wollte. Obwohl er immer betonte, wie sehr er weibliche Rundungen mochte, und ihr auch konsequent Pralinen oder anderes kalorienbombiges Naschwerk mitbrachte, wenn er sie besuchte. Was nicht oft geschah, weil Gesines Vermieterin, die greise Frau Denz, keinen Herrenbesuch im Haus schätzte. Meistens schliefen sie also bei Mario in seiner Wohnung am Scharfen Eck. Eine Adresse, der sie durch ihre gymnastischen Übungen der letzten Wochen eine völlig neue Sinnhaftigkeit verliehen hatten …

In diesem Moment stürmte Bauer zwo herein.

»Und?« Gesine war neugierig. »Haben Sie Kai-Uwe Beckmann aufgetrieben?«

Das breite Grinsen von Bauer zwo brachte seinen Riesenschnauzer zum Tanzen. Samba. Rumba. Merengue. Irgendwas Lateinamerikanisches. »Habe ich. Er kann es aber nicht gewesen sein.«

Gesine würde ihm nicht den Gefallen tun und ihn fragen, warum nicht. Diesen Triumph gönnte sie ihm nicht.

Sczerpansky besaß nicht so viel Selbstbeherrschung. »Warum nicht?«, rief er.

Bauer zwo griente. »Der Mann wiegt 350 Kilo und hat seit fünf Jahren seine Wohnung nicht mehr verlassen.«

31

Das ist doch surreal, dachte Gesine.

Sie stand mit Bauer zwo vor einem Bett, auf dem sich – dem Mount Everest gleich – ein riesiger Fleischberg türmte. Ganz oben saß ein vergleichsweise winziger Kopf, dessen wulstige Lippen verächtlich lächelten.

Der kann unmöglich echt sein, dachte Gesine, ich werde Bauer zwo auffordern, unter das Laken zu schauen. Das kann nur eine Schaumgummiattrappe sein. Niemand ist so fett und lebt noch.

Gesine stammte aus einer Familie mit lauter stämmigen Gestalten, die allesamt im Alter übergewichtig wurden. Deswegen joggte sie ja auch und legte wert auf Diätkost. Aber das hier war kein dicker Mensch, auch kein fetter, das war ein gigantischer Klops von amerikanischen Ausmaßen.

Der Klops namens Beckmann atmete pfeifend und brachte immer nur wenige Worte zusammenhängend heraus, bevor er dann wieder rasselnd Luft auftanken musste.

»Muss Sie enttäuschen … habe niemanden umgebracht … seit fünf Jahren nicht draußen gewesen … Pech, was?« Er lachte hämisch und schnappte gleich darauf nach Luft, als hätte er einen Hundertmeterlauf hinter sich. Oder einen Halbmarathon.

Bauer zwo – Mister Unsensibel auf zwei Beinen – war bislang erstaunlich zurückhaltend gewesen. Fasziniert hatte er dieses menschliche Ungetüm angestarrt. Jetzt hielt ihn aber nichts mehr auf. »Sagen Sie mal, wir sind hier im dritten Stock. Haben Sie die Fußböden verstärkt oder warum brechen Sie nicht durch?«

Gesine rollte mit den Augen.

»Stahlstreben … nachträglich eingezogen … mit Geld geht alles …«, schnaufte Beckmann.

»Genial.« Bauer zwo war ehrlich begeistert.

In Vorbereitung des Termins hatte Gesine schon herausgefunden, dass sie es hier mit einem der reichsten Männer Deutschlands zu tun hatte, der vor zwanzig Jahren von Frankfurt nach Hall gezogen war. Einiges hatte er wohl von seinem Vater, einem Industriellen, geerbt, aber der Großteil seines Vermögens basierte auf der Tatsache, dass er ein untrügliches Gespür für die Börse besaß.

»Es tut mir leid, aber solche Gespräche setzen Herrn Beckmann zu sehr zu. Ich muss Sie bitten, jetzt zu gehen. Sie sehen ja, dass er unmöglich ein Kapitalverbrechen begangen haben kann.«

Gerd Walter, ein Endvierziger im Trainingsanzug, wedelte mit den Armen, als ob er Gesine und Bauer zwo aus dem Zimmer schaufeln wollte.

»Darf ich? Ich muss einfach!« Noch bevor jemand einschreiten konnte, hatte Bauer zwo das Laken angehoben.

Gesine wandte den Blick nicht schnell genug ab. In voller Wabbelpracht präsentierten sich ihr dreihundertfünfzig Kilo unverhülltes Menschenfleisch, nicht wie Gott, sondern wie die Fast-Food-Industrie sie geschaffen hatten.

Als Bauer zwo und sie den Rückzug antraten, hallte ihnen noch lange das fiese Gelächter von Kai-Uwe Beckmann hinterher.

32

Katrin Bärling gehörte zu den größten Grundstücksbesitzerinnen der Stadt. Sie hat vehement gegen ein Grundstücksspekulationsprojekt von Beckmann opponiert. Außerdem hatten die mal was miteinander.« Gesine hatte ausführlich recherchiert.

»Großer Gott«, rief Bauer zwo ehrlich entsetzt. »Hatte sie denn überhaupt keine Angst, zerquetscht zu werden?«

Gesine schaute streng. »Der Typ ist ja nicht mit 350 Kilo auf die Welt gekommen.«

Bauer zwo schaute skeptisch.

»Offenbar war er früher recht gut aussehend. Ein bisschen wie bei Marlon Brando – vom sexy Netzhemdträger zum XXL-Mafia-Paten.« Gesine überlegte sich, was einen Mensch in die Fresssucht trieb. Andere Menschen? Die Gene? Gewissenlose Werbefuzzis?

Bauer zwo legte die Stirn in Falten, wie er es immer tat, wenn er nachdachte. »Beckmann hatte also allen Grund, die Bärling umzubringen. Aber der kommt doch nie und nimmer aus der Wohnung. Den muss man mit dem Baukran heraushieven. Und die Nachbarn haben gestern Abend keinen Baukran gesehen.«

Manchmal wusste Gesine nicht, ob Bauer einen Scherz machte oder einfach seiner natürlichen Blödheit freien Lauf ließ.

»Bauer, Sie sind ein Idiot«, sagte Gesine und schrammte damit gefährlich knapp an einer Beleidigungsklage vorbei. »Beckmann kann es unmöglich selbst getan haben. Aber womöglich hat er jemand anderen damit beauftragt.«

Bauer zwo schürzte die Lippen.

»Überprüfen Sie mal mithilfe von Kollege Schultheiß, wie es um den Kontostand von seinem männlichen Mädchen für alles bestellt ist«, ordnete Gesine an und brühte sich einen Milchkaffee.

Noch bevor sie ihren Milchkaffee ausgetrunken hatte, war Bauer zwo schon wieder zurück. »Dieser Gerd Walter hat gerade mal 500 Euro auf dem Konto. Und ich habe auch gleich die Kontobewegungen von Beckmann überprüft. Alles völlig koscher. Die letzte große Überweisung betrug 180.000 Euro, aber das Geld ging ohne Abzug auf dem Konto einer Baufirma ein, die Stahlträger verlegt.«

Gesine hob eine Augenbraue.

Sehr ominös!

33

Es war kein großes Problem, einen Durchsuchungsbefehl für Beckmanns Wohnung zu organisieren. Aber es war ein Problem, sich bei der Suche zu konzentrieren. In jedem der sieben Zimmer seiner Wohnung schien sein hämisches Grinsen wellenartig widerzuhallen.

»Hier finden Sie nichts!«, jubilierte er beim Anblick von Gesine, Bauer zwo und einer Handvoll Uniformierter.

Sie fanden aber doch etwas. Eine alte Videokassette von Katrin Bärling, wie sie noch etwa fünfzehn Jahre jünger war. Ihre blonden Haare wehten im Wind, das rosa Blümchenkleid schmiegte sich um ihre grazile Gestalt. Kein Vergleich zu der blutüberströmten Hülle, die Gesine am Vortag auf dem Parkettboden hatte liegen sehen.

»Das Video ist aber ziemlich abgenudelt«, meinte Bauer zwo.

»Er muss es oft angeschaut haben.«

»Was man liebt, das bringt man nicht um«, erklärte Bauer zwo.

»Falsch!«, erwiderte Gesine im Brustton der Überzeugung. »Nur das, was wir lieben, bringen wir um. Alles andere ist uns ja egal.«

34

Gesine saß in der Wohnung der Toten.

Weitere Hinweise würde sie nicht finden, das war ihr klar. Aber manchmal half es ihr, die Atmosphäre eines Tatorts in sich aufzusaugen.

In der Hand hielt sie eine kleine, gerahmte Fotografie. Kai-Uwe Beckmann, wie er noch jung und schlank gewesen war. Er war Katrin Bärling offenbar nicht gleichgültig gewesen, das goldgerahmte Foto hatte Gesine mitten auf dem Flügel im Wohnzimmer gefunden. Zwei Menschen, die nicht zusammenkommen konnten. Sehr traurig.

Gesine ging in die Küche. Die leere Pizzaschachtel lag noch in der Spüle. Im Kühlschrank viel Tofu, Magermilchjoghurt, fettarme Milch. Im Tiefkühlfach nur Gemüse.

Hm.

Eine ansonsten vorbildlich disziplinierte Esserin hatte plötzlich Heißhunger auf Tiefkühlpizza mit viel Käse? Geschmeckt hatte sie ihr aber offenbar nicht, denn die Pizza lag aufgebacken, aber unangetastet im Bio-Mülleimer.

Gesine setzte sich an den Küchentisch und betrachtete noch einmal das Jugendfoto von Kai-Uwe Beckmann.

Er konnte richtig nett aussehen, wenn er nicht gerade hämisch grinste. Fett hin oder her. Apropos Fett.

Nahm man überall zu, auch an den Lippen?

35

»Mann, Chefin, Sie sind echt der absolute Hammer!«

Wenn wahre Begeisterung aus Bauer zwo herausbrach, wurde Gesine bisweilen weich und hätte ihm am liebsten einen mütterlichen Kuss auf die Stirn gehaucht.

»Ich habe nur eins und eins zusammengezählt«, wehrte sie mit einem unbescheidenen Lächeln ab.

»Ich habe auch gezählt, bin aber zu keinem Ergebnis gekommen«, räumte er ein.

Gesine bedachte Bauer zwo mit einem nachsichtigen Blick.

»Als klar war, dass die Pizza unmöglich für Katrin Bärling selbst sein konnte, lag auf der Hand, dass sie Besuch hatte.«

»Gerd Walter!«, rief Sczerpansky, der sich gerade einen Kaffee holen wollte. Kaffeemaschinen gab es drüben im Nachbargebäude der Rechtsmedizin natürlich auch, aber der Kaffee im Büro von Gesine schmeckte ihm besser. Erklärte er jedem, der ihn fragte. Was ihm niemand abkaufte. Außer Bauer zwo.

»Anfängerfehler!« Bauer zwo, der ja schon wusste, wie das Rätsel ausging, lächelte Sczerpansky mitleidig an.

Gesine lächelte Sczerpansky verschmitzt an. »Sie hätte doch keinen Fremden in ihre Wohnung gelassen. Nein, nach all den Jahren hat sie ihre Jugendliebe Kai-Uwe bei sich begrüßt und ihm das aufgetischt, was er damals immer gern gegessen hat. Damals, bevor sie ihn in den Wind schoss und er anfing, alles in sich hineinzustopfen, was essbar war.«

»Da verstehe ich jetzt was nicht«, warf Sczerpansky ein.

»Deshalb bist du ja auch der Doc, und wir sind die Ermittler«, ließ ihn Gesine wissen.

Bauer zwo nickte, als ob er die logische Schlussfolgerung gezogen hätte, die Gesine vorgetragen hatte. »Und mit der Pizza hat sie ihn gegen sich aufgebracht!«, erklärte er. »Die brachte das Fass zum Überlaufen.«

»Mit der Käsepizza? Ist doch total lieb von ihr, als Gemüsefanatikerin ihrem Freund trotzdem eine Pizza zu machen«, meinte Sczerpansky, den Gesine im Verdacht hatte, heimlich Liebesschnulzen à la Rosamunde Pilcher im Fernsehen anzuschauen.

Gesine Bauer, die ihren Assistenten bis hierhin hatte gewähren lassen, fand es an der Zeit, die wahre Geschichte aufzudecken. »Bist du bereit für den großen Clou?«, sagte sie zu Mario Sczerpansky. »Willst du dich nicht lieber setzen? Es wird heftig.«

Sczerpansky ließ sich auf dem Besucherstuhl nieder.

»Beckmann hat uns zum Narren gehalten, wie auch die ganze Welt. Der fette Kerl in seinem Bett – das ist Gerd Walter, Exschauspieler aus Erfurt, der eine oberflächliche Ähnlichkeit mit Beckmann hat und den Beckmann richtiggehend gemästet hat. Beckmann selbst hat sich in den letzten eineinhalb Jahren fast übermenschlich kasteit und sich irgendwie auf seine jetzige Größe heruntergehungert. Allerdings hat er durch das schnelle Abnehmen riesige Hautlappen an Armen und Bauch, die er sich noch wegoperieren lassen wollte. Deshalb trug er auch immer einen Trainingsanzug.«

»Ist nicht wahr«, sagte Sczerpansky, der als Mediziner natürlich sehr genau wusste, dass die Haut weniger schnell rückgebildet wird als die Fettpolster und Hautlappen daher eine häufige Erscheinung bei Turbo-Diäten waren. Er vermochte nur die Gesamtsituation nicht zu glauben.

»Ist wohl wahr«, warf Bauer zwo ein und erging sich wieder in Spekulationen. »Ob er nur für Katrin diätet hat? Ob er für die große Liebe seines Lebens wieder ansehnlich werden wollte, damit sie es sich noch einmal überlegte? Keine Ahnung. Jedenfalls muss sie ihm erneut einen Korb gegeben haben, und daraufhin ist er ausgerastet.«

»Tragisch«, meinte Sczerpansky. Es klang, als würde er eine aufsteigende Träne niederringen.

Bauer zwo schaute dümmlich und zupfte an seinem gestrüppartigen Schnauzer, der an Tagen mit hoher Luftfeuchtigkeit noch an Volumen zunahm. »Aber wieso hat Beckmann diesen Schauspieler engagiert? Es kannte ihn doch sowieso keiner persönlich.«

»Weil es ganz anders ist, als ihr beiden denkt. Weil ihm damit nämlich beinahe der perfekte Mord gelungen wäre. Von langer Hand geplant. Alle Indizien deuteten auf Beckmann. Es waren nur Indizien, aber selbst wenn sie für eine Verurteilung gereicht hätten, dann wäre der Schauspieler an seiner Stelle verhaftet worden, und er hätte sich in aller Ruhe absetzen können. Ihr zwei romantischen Kerle seid doch auf beiden Augen blind. Beckmann hatte schon die ganze Zeit vor, sich an seiner verlorenen Liebe zu rächen. Schon als er sich vor eineinhalb Jahren die erste Nutellastulle versagte, hatte er dabei nur einen Gedanken im Kopf: Rache an der Frau, die ihn zurückgewiesen hatte.«

Bauer zwo hörte die Worte wohl, allein, ihm fehlte der Glaube. »Er hat sich nicht aus Liebe zu ihr schlank gehungert? Er wollte sie von Anfang an umbringen?«, wiederholte er.

»Natürlich!«, erklärte Gesine.

Sczerpansky und Bauer zwo warfen sich enttäuschte Blicke zu.

Weiber, einfach null Sinn für Romantik!

36

Das ist ja seltsam«, sagte Gesine Bauer eine Woche später. Es war ein dienstfreier Samstagmorgen. Sie hatte Mario am Vorabend bei sich zu Hause eingeschmuggelt – es half, dass Frau Denz nach der *Heute*-Sendung im ZDF immer ihr Hörgerät ausstöpselte und dann quasi taub war –, und nach einer Nacht voller Leidenschaft war sie zur Tanke gejoggt, hatte frische Aufbackbrötchen geholt und ihm Frühstück in ihrem Bett serviert. Beim Heimkommen hatte sie auch gleich ihre Post aus dem Briefkasten gefischt. Es war nur ein Brief. Von einem Notariat in Murrhardt, einer Kleinstadt zwischen Schwäbisch Hall und Stuttgart. Sie las ihn, während Mario Kirschmarmelade auf eine Brötchenhälfte träufelte und dann kauend das Bett vollkrümelte. Dass sie das zuließ, ohne ihn mit dem Frühstückstablett zu erschlagen oder ihn mit vorgehaltener Dienstwaffe zu zwingen, das Bett sauber zu saugen, zeigte ihr, wie sehr sie diesen Mann liebte. Und wie sehr sie gerade von dem Brief in ihrer Hand abgelenkt war.

In dem Briefumschlag befand sich noch ein Briefumschlag, weitergeleitet von dem zuständigen Notar. Ein Brief von Anni.

Gesine hatte sie fast zwanzig Jahre nicht mehr gesehen. Stupsnase. Sommersprossen. Blaue Augen in der Farbe von Veilchen. Anni Hansen. Ihre ehemalige Banknachbarin. Einst ihre beste Freundin. Aber nach dem Schulabschluss hatten sie sich aus den Augen verloren. Gerüchteweise hatte sie auf dem einzigen Klassentreffen, das sie je besuchte, gehört, dass Anni nach Süddeutschland gezogen sei. Keiner wusste, wohin genau. Anni und sie hatten sich nie wiedergesehen. Und jetzt würden sie sich auch nicht mehr wiedersehen. Anni war nämlich tot.

Quasi postum hatte sie Gesine geschrieben. Während Anni schon im Grab kompostierte, las Gesine noch ihre letzten Worte. Irgendwie gänsehautig.

Ihr Schreiben war sehr kurz: »*Liebe Gesine, hab in der Zeitung gelesen, dass Du jetzt auch im Schwäbischen wohnst. Wir hätten uns mal treffen sollen. Bin jetzt leider tot. Habe Dir aber mein Haus hinterlassen. Viel Spaß damit.*«

Erst als Gesine Bauer am darauffolgenden Montag zu einem Gespräch in der Anwaltskanzlei in Murrhardt eintraf, erfuhr sie, dass Anni ermordet worden war.

Und dass ihr »Haus« ein Bordell war.

37

»Tja, Sie müssen das Erbe natürlich nicht antreten.« Notar Gebecke war gebürtiger Sachse. Der Liebe wegen nach Murrhardt gekommen und geblieben. Er blies die Hamsterbacken auf und sah geflissentlich zur Decke. Er ähnelte ungemein Gert Fröbe und bediente sich des sogenannten Leipziger Gewandhaussächsisch, dem Sonntagssächsisch der *bessern Leide*. Irgendwie süß.

Sollte Gesine das Erbe nicht antreten, würde das Haus mitsamt seinen nicht unerklecklichen Einnahmen an die Gemeinde fallen. Notar Gebecke war in Personalunion auch Gemeinderat. Da hatte er das finanzielle Wohl seines Heimatortes im Sinn. Er redete Gesine nicht gerade aus, das Erbe abzulehnen, aber besonders viel Mühe, sie vom Antritt zu überzeugen, gab er sich nun auch nicht.

»Drängen Sie mich nicht«, sagte sie, »ich überlege noch.«

Dem weißen Gebäude in der Nähe des Murrhardter Bahnhofs hätte man als Uneingeweihter nie und nimmer angesehen, was sich im Innern abspielte. Von nachmittags vierzehn Uhr bis nachts um zwei. Tja, man nehme eine Portion schwäbischen Fleiß, genügend geistige Regsamkeit, mische das Ganze mit emsiger Geschäftigkeit, Traditionsbewusstsein und Gastlichkeit und richte alles gemütlich-genüsslich an – das waren dann die besten Zutaten für ein florierendes Freudenhaus.

Der Notar, Gesine und Mario, der zur moralischen Unterstützung mitgekommen war, standen auf dem relativ großen Parkplatz, der zum Haus gehörte, beschattet von zwei Blutbuchen, die angeblich Fürst Pückler auf der Durchreise mit eigener Hand gepflanzt hatte, umgeben von einer Handvoll Matronen und Vollbartträgern mit Spruchbändern. »Weg mit dem Puff« stand darauf zu lesen. Ihr Empfangskomitee. Mit kollektiv erhobenem, gichtigen Moralfinger. Wenigstens skandierten sie ihre Forderung nicht.

»Wir gehen wohl besser hinein«, schlug Notar Gebecke vor.

Die »Mädchen« schliefen noch. Es war kurz nach neun Uhr vormittags.

Das Haus war makellos sauber. Und gar nicht so puffig, wie Gesine – unbeleckt vom wahren Leben – es sich vorgestellt hatte. Sie hatte nie für die Sitte gearbeitet, kannte Hurenhäuser daher nur aus Western und hatte Troddeln und viel roten Plüsch erwartet. Es war aber erstaunlich nüchtern und verchromt und alles in allem ziemlich edel.

In der Küche saß die kasachische Putzfrau.

Und heulte.

»Warum?« Aus rot tränenverquollenen Augen sah sie zu ihnen auf.

»Warum was?«, fragte Gesine.

»Wer hat ihr das angetan?«, heulte die Kasachin in ihren Wischmopp.

Der Notar wandte sich erklärend an Gesine. An Mario schien er nicht sonderlich interessiert. »Frau Nagel war im Urlaub und hat erst heute früh erfahren, dass Annegret Hansen ermordet worden ist.«

»Wie ist sie eigentlich umgebracht worden?« Endlich ein guter Zeitpunkt für diese Frage, die sich Gesine bislang nicht zu stellen getraut hatte. In Gedeckes Begleitschreiben zu Annis Brief war nur ganz allgemein von einer Gewalttat die Rede gewesen. Automatisch hatte Gesine an konkurrierende Zuhälter gedacht. Oder an unzufriedene Freier.

Wobei die kleine Anni aus Gesines Erinnerung eigentlich nur sanft wie eine Prinzessin auf einem Bett aus Rosen hätte entschlafen dürfen. Nichts war weiter voneinander entfernt als Sommersprossen-Anni und ein blutiger Gewaltakt.

Notar Gedecke sah betroffen zu Boden. Offenbar hielt er das für die angemessene Reaktion auf eine derart etikettelose Frage. »Frau Hansen wurde vergewaltigt und dann erschlagen.«

Frau Nagel heulte noch lauter. Trommelfellzerfetzend laut. »Gott, wer tut so etwas?«, schrie sie in Richtung Küchendecke.

Die Decke blieb stumm.

Notar Gedecke fühlte sich angesprochen. »Es handelt sich um einen Serientäter. Frau Hansen ist schon sein zweites Opfer.«

38

Kaum hatte Gesine den Notar hinauskomplimentiert und Mario und Frau Nagel mit Eierlikör abgefüllt, machte sie sich auf den Weg. Kurz nach zwölf Uhr mittags betrat sie den örtlichen Polizeiposten. Murrhardt gehörte zur Polizeidirektion Waiblingen, weshalb Gesine auch nur ganz am Rande etwas von den Serienmorden mitbekommen hatte. Aber hier würde man doch sicher Bescheid wissen, was die Aktivitäten des Serienmörders anging.

»Ich hätte gern gewusst, wie Annegret Hansen ermordet worden ist«, sagte sie zum diensthabenden Beamten.

Es war ein mehr als ruhiger Nachmittag, und nachdem sie sich anhand diverser Ausweisdokumente ordentlich als Erbin und noch dazu als Kollegin ausgewiesen hatte, lud sie der Diensthabende auf eine Tasse Grüntee ein.

»Schreckliche Sache. Frau Hansen war schon das zweite Opfer. Ihr wurde mit einem Ast im Stadtpark der Schädel eingeschlagen.«

»Wer war das erste Opfer?«, erkundigte sich Gesine.

»Die Frau des hiesigen Zahnarztes. Lilo Zetsche.«

Auch ihr hatte ein durchgeknallter Psycho mit einem schweren Ast den Kopf förmlich zermanscht.

»Kannten die beiden Frauen sich?«

Der Diensthabende nahm einen großen Schluck Grüntee. »Höchstens flüchtig vom Sehen. Ihre Freundin war hier in der Stadt … nun ja, sie wurde gesellschaftlich geschnitten. Viele Bürgerinnen und Bürger waren und sind der Ansicht, dass ein Bordell einfach nicht in unsere idyllische Gemeinde gehört.«

»Aber es muss doch einen Zusammenhang zwischen den beiden Morden geben!«, beharrte Gesine.

Der Diensthabende schüttelte den Kopf. »Nein, gibt es nicht. Reiner Zufall. Die Welt ist schlecht. Sodom und Gomorrha. Aber der Täter ist so gut wie überführt. Ein gewisser Dolf Wicki. Wenn eine Gewalttat hier im Ort verübt wird, war es meistens er.«

»Sie hatten schon früher Serienmorde in Murrhardt?« Gesine wollte nicht so entgeistert klingen, aber Serienmorde waren weitaus seltener, als der Durchschnittsmensch gemeinhin dachte. Sie kamen fast ausschließlich auf den Privatsendern vor. Im echten Leben so gut wie nie und schon gar nicht in einem kleinen Provinzflecken.

Der Diensthabende fühlte sich sichtlich in seiner lokalpatriotischen Ehre gekränkt. »Vielleicht keine Serienmorde. Aber haufenweise Kneipenprügeleien. Und da war immer der Dolf Wicki irgendwie mit verwickelt.«

39

»Ihre Frau ist ermordet worden. Mein Beileid«, sagte Gesine zu den Augen über dem Mundschutz.

»Danke«, erwiderte Zahnarzt Zetsche. Seine Unterlippe begann zu zittern. Sehen konnte sie das natürlich nicht, aber sein Mundschutz bewegte sich auf verräterische Weise.

Gesine hatte über einen heftigen, wenn auch diffusen Schmerz oben links geklagt, und weil sie ein Notfall war, musste er sie drannehmen. Eigentlich hätte er nichts finden dürfen, weil sie ihre Halbjahresinspektion erst vor zwei Wochen mit Bravour bestanden hatte. Aber natürlich fand er doch etwas.

»Mittlerweile wurde noch eine Frau ermordet, eine Frau Hansen«, warf sie ein, kurz bevor er die Spritze ansetzte. »Kannten Sie sie?«

»Sie war hier in Behandlung.« Er stach zu. Wenig feinfühlig.

»Kannte Ihre Frau das zweite Opfer?«, wollte Gesine wissen.

»Nein«, erklärte Zetsche.

»Hatte Ihre Frau Feinde?«, fragte sie, schon etwas undeutlich, weil die Spritze so schnell zu wirken begann.

»Meine Frau war eine Seele von Mensch. Sie hatte keinerlei Feinde!« Die Hand mit dem Bohrer zitterte.

Ein Angstschweißtropfen perlte über Gesines Stirn. Ihr fiel ein, dass sie Mario hätte simsen sollen, wo sie gerade auf eigene Faust ermittelte, falls der Zahnarzt mit dem Bohrer Amok lief.

Aber es ging alles gut.

Kurz darauf stand sie mit einer neuen, völlig unnötigen Amalgamfüllung im Flur. Ihre linke Wange war geschwollen, und aus ihrem Mundwinkel tropfte der Sabber.

»Natürlich hatte Frau Zetsche Feinde. Jede Menge sogar«, raunte die Zahnarzthelferin ihr zu, die sie zum Ausgang führen sollte.

»Ach ja?«, gurgelte Gesine völlig unverständlich, aber die Zahnarzthelferin war an solche Lautäußerungen gewöhnt und konnte sie mühelos übersetzen.

»Jede Menge«, wiederholte sie ominös. »Frau Zetsche arbeitete als Strafverteidigerin in Stuttgart und hat einen Päderasten rausgepaukt, der hier im Ort eine Siebenjährige vergewaltigt hat. Aufgrund eines Verfahrensfehlers brachte sie ihn wieder auf freien Fuß. Die halbe Stadt hätte sie am liebsten gelyncht.«

40

Die »Mädchen« erwiesen sich fast durch die Bank weg als gestandene Frauen. Und sämtlich aus dem Murrhardter Umland. Importware gab es nicht. Gesine fiel ein Stein vom Herzen. Wenigstens hatte Anni keinen Menschenhandel mit Halbwüchsigen aus den Ostgebieten betrieben.

Die Frauen begrüßten Gesine herzlich, obwohl sie – dank Zetsche – immer noch wie ein missglückter Versuch von Doktor Frankenstein aussah und sich nicht verständlich artikulieren konnte. Mario öffnete drei Flaschen Sekt, damit alle gemeinsam auf Anni anstoßen konnten, dann kamen auch schon die ersten Kunden.

Gesine blieb in der Küche sitzen und kühlte sich die Wange mit Eiswürfeln. Mario, der zu viel Eierlikör und anschließend zu viel Sekt gesüffelt hatte, lag halb komatös auf der Küchenbank und gab Schnarchlaute von sich. Die »Mädchen«, die nicht im Einsatz waren, richteten sich – alle, bis auf eine – auf ihren Zimmern her.

»Wollen Sie mal einen Blick in die Bücher werfen?«, erkundigte sich die eine namens Gerda, die auf Domina spezialisiert war.

»Warum nicht«, lallte Gesine unverständlich, was mittlerweile aber eher an den zwei Gläsern Sekt als an der Zahnarztspritze lag.

Müßig blätterte sie in einem der dicken Folianten. Gerda hatte nämlich gar nicht die Finanzakten gemeint, die natürlich alle digital erfasst waren, sondern die Bücher mit der Kundenliste. Jeder Kunde wurde heimlich fotografiert und mit Stichworten festgehalten.

»Falls mal was wäre«, erklärte Gerda diese Selbstschutzmaßnahme.

Gesine fühlte sich großartig unterhalten. Die meisten Freier waren ihr natürlich fremd, aber Notar Gedecke und den netten Diensthabenden vom Polizeirevier erkannte sie sofort wieder.

Auf den letzten Seiten waren nur Namen erfasst, keine Fotos. »Die Kamera ist seit vorletzten Monat defekt«, erklärte Gerda. »Da haben wir nur noch die Namen notiert.«

Ein Name stach Gesine sofort ins Auge.

Dolf Wicki!

41

Elflein war zwei Tage in Urlaub. Dolf Wicki kam seit fünf Wochen fast täglich und ließ sich nur von Elflein bedienen. Sie war mit Abstand die Jüngste, aber immerhin auch schon fünfundzwanzig. Ein ätherischer Rotschopf aus Oppenweiler.

»Wird sie wiederkommen?«, fragte Gesine, plötzlich ganz nüchtern.

»Klar, ihre Sammlung Räuchermännchen aus dem Erzgebirge ist doch noch auf ihrem Zimmer.« Gerda feilte sich die Nägel spitz zu.

»Vielleicht hat sie mit Dolf Wicki gemeinsame Sache gemacht«, sinnierte Gesine. Echte Serienmörder hatten oft Gehilfinnen, die ihnen hörig waren und alles für sie taten.

»So ein Unsinn«, widersprach Gerda mit ihrer dröhnendsten Dominastimme. »Das Elflein ist ein süßer Schatz. Die tut keinem was zuleide. Und wozu hätte sie sich mit diesem Wicki zusammentun sollen? Die beiden haben von Annis Tod überhaupt nicht profitiert.«

Dem konnte Gesine auf den ersten Blick nur zustimmen. Aber der erste Blick war bisweilen fehlerhaft.

Sie nahm sich einen zweiten Blick vor.

42

Das Konterfei von Dolf Wicki erschien am nächsten Morgen in der Tageszeitung. Ob Gerda der Lokalpresse etwas gesteckt hatte? Das Foto zeigte einen vierschrötigen Glatzkopf mit Halstätowierung und Hängeauge. Wenn man so einem Typen im Dunkeln begegnete, nahm man schleunigst Reißaus. Und bei Tageslicht erst recht. Anni und Frau Zetsche hatten aber keinerlei Spuren von Gegenwehr aufgewiesen. Es erschien Gesine schlichtweg wenig glaubhaft, dass beide Frauen beim Anblick dieses Schlägers einfach die Augen geschlossen und auf ihr Ende gewartet haben sollten. Aber vielleicht hatte er sie ja hinterrücks erwischt.

Gesine und Mario hatten der Einfachheit halber im Freudenhaus übernachtet. In Annis Zimmer. Nach dem Aufstehen inspizierte Gesine das Gebäude. Es gab insgesamt zehn Zimmer mit eigenem Mini-Bad, neun davon waren für Sexarbeiterinnen, das zehnte Zimmer hatte Anni gehört. Die Küche diente gleichzeitig als Gemeinschaftsraum. Im Souterrain fand sie noch eine Geheimtür für alle, die unerkannt ins Bordell und wieder hinaus wollten. Ebenfalls im Souterrain befanden sich zwei der

Zimmer: das von Anni, aus dem Marios Schnarchen zu hören war, und das von Elflein.

Gesines Misstrauen wuchs.

Vielleicht hatte Elflein Annis Sparstrumpf entdeckt. Als sie ihn stehlen wollte, hatte Anni sie überrascht. Zusammen mit Dolf hatte Elflein Anni erschlagen und so getan, als sei sie das Opfer eines Serienmörders.

Blödsinn.

Anni war definitiv im Stadtpark ermordet worden.

Gesine seufzte.

Darüber würde sie noch eine Weile nachdenken müssen.

43

Am Mittag kehrte Elflein von ihrem Elternbesuch zurück. Die ganze Truppe saß beim Frühstück. Es war kurz nach zwölf. Wer bis spät arbeitet, der frühstückt eben auch spät.

Elflein wirkte tatsächlich wie eine naive Unschuld vom Lande. Aber in der Zwischenzeit hatte Gesine herausgefunden, was Elfleins Spezialität im Lustgewerbe war, und keine Sekunde lang glaubte sie mehr, dass hinter dieser ätherischen Fassade ein harmloses Menschenkind wohnte.

»Ich bin die neue Chefin«, stellte sich Gesine relativ harsch vor, was Mario abrupt von seinem Frühstücksei aufschauen ließ, er kommentierte das aber nicht. »Und ich habe gleich mal eine Frage. Sind Sie die Komplizin dieses Mannes?«

Gesine warf ihr die Zeitung entgegen.

»Den kenne ich nicht«, erklärte Elflein.

»Blödsinn!«, kommentierte Gesine. »Seit Wochen ist er dein treuester Stammkunde. Los, raus mit der Wahrheit!«

Elflein sah sich hilflos in der Menge ihrer Kolleginnen um. »Den kenne ich nicht!«, wiederholte sie. Mit einer Aufrichtigkeit, die Gesine fast überzeugt hätte.

»Lüge!«, gellte sie. »Das ist Dolf Wicki.«

»Das ist doch nicht der Dolf!«, gellte Elflein zurück. Im Gellen war sie eindeutig versierter als Gesine. Das Geschirr im Küchenbuffet klirrte.

»Klar ist das Dolf Wicki!«, beharrte Gesine. Wenn's in der Zeitung stand, musste es auch stimmen.

»Blödsinn!«, zitierte Elflein Gesine.

»Das ist echt nicht der Typ, der in letzter Zeit immer zum Elflein kommt«, meldete sich Mathilde zu Wort, eine immer noch bezaubernd aussehende Blondine mit niedlichen, abstehenden Ohren. »Er hat einmal einen Dreier gewollt, darum kenne ich ihn. Dolf ist viel schlanker, mit langen Fingern und grauem Haar und völlig ohne Tattoos.«

Schlank, Pianistenhände, graue Intellektuellenmähne?

Gesine kannte nur einen Mann im Ort, auf den diese Personenbeschreibung zutraf.

44

Notar Gedecke bockte.

»Das ist völlig unmöglich. Unehrenhaft. Ausgeschlossen. Das tue ich nicht.«

»Na, das sehe ich aber anders«, widersprach Gesine Bauer und schob ihm das Foto entgegen. Man sah darauf, wie er in weiblicher Reizwäsche durch den Flur des Bordells hopste, Gerda peitschenschwingend dicht hinter ihm.

»Das Foto wurde widerrechtlich geschossen«, mupfte Gedecke auf. »Außerdem ist das hier Erpressung.«

»Sie sind ein Mann von schneller Auffassungsgabe«, lobte Gesine ihn. »Und jetzt besorgen Sie mir die Informationen.«

45

Wie sich herausstellte, war Lilo Zetsche nicht nur vor Gericht knallhart gewesen. Als reiche Erbin hatte Lilo einen niet- und nagelfesten Ehevertrag aufgesetzt. Zahnarzt Zetsche verdiente auch nicht annähernd genug für seinen aufwendigen Lebensstil als Lebemann und Frohnatur, den er sich mit beginnender Midlife-Crisis zugelegt hatte. Kurzum: Er war pleite. Als seine Frau herausgefunden hatte, dass er sich heimlich an ihrem Geld bediente – er überwies gewaltige Summen auf das von ihm unter dem Namen des stadtbekannten Schlägers Dolf Wicki eingerichtete Konto –, hatte sie sterben müssen. Anni hatte er nur umgebracht, um von sich abzulenken. Wenn Gesine ihm nicht auf die Spur gekommen wäre, hätte er womöglich noch eine Frau ermordet – nur um auf Nummer sicher zu gehen. Und weil er am Töten Geschmack gefunden hatte.

Gesine, Mario und die Mädels saßen allesamt nachts um drei in der Küche und verlustierten sich an Rindfleisch mit Sahnemeerrettich nach einem alten Rezept von Frau Nagels kasachischer Großmutter. Dazu tranken sie Sekt.

»Bravo«, sagte Gerda und alle Mädchen stießen mit Gesine an, sogar Elflein, die ihr die Unterstellungen verziehen hatte, als sie erfuhr, dass sie den Mord an ihrer geliebten Chefin aufgeklärt hatte.

»Und was jetzt?«, fragte Mathilde.

Alle sahen Gesine gespannt an.

Das Geschäft brummte. Die Mädels hatten ein gutes Auskommen. Sie wuppten den Laden, gemeinsam als Team. Sie brauchten nur jemand, der quasi nach außen hin die Chefin gab. Das war kein Vollzeitjob, das ließ sich locker nebenher erledigen.

Gesine sah zu Mario.

Mario war damit beschäftigt, die wandernden Hände der kasachischen Putzfrau von seinem Oberschenkel zu schubsen.

Gesine nahm noch einen kräftigen Schluck.

»Wir sollten anbauen. Wir brauchen dringend einen Barbereich!«, sagte sie und hob ihr Glas. »Cheers!«

Sie lachte. Gesine Bauer, frisch gebackene Puffmutter!

46

Gesine und Mario lagen in Löffelchenstellung in Gesines Bett und stellten sich tot. Frau Denz klopfte von draußen mit ihrem Stock gegen die Wohnungstür.

»Frau Bauer, ich weiß doch, dass Sie da drin sind. Und Sie sind nicht allein«, schimpfte sie. »Das kann ich in meinem Haus nicht dulden. Das ist nämlich ein anständiges Haus!«

Mario kicherte leise und pustete Gesine dabei ans Ohr. Es kitzelte.

Nach einer Weile gab Frau Denz auf und zog schließlich ab.

»Vermutlich kündigt sie mir«, sagte Gesine. »Weil ich so ein verlottertes, unartiges Ding bin.«

»Noch dazu bist du jetzt Bordellbesitzerin«, sagte Mario. Es klang stolz. Diese Neigung zu allem Halbseidenen – das musste der Halbitaliener in ihm sein. Vermutlich würde er irgendwann anfangen, Goldkettchen um den Hals zu tragen.

»Das muss aber niemand erfahren, verstanden?«, bat Gesine.

»Ha! Jetzt habe ich dich in der Hand! Aua!« Letzteres rief er, weil Gesine ihm schwungvoll gegen das Schienbein getreten hatte.

»Wir könnten zusammenziehen«, schlug er vor, als der Schmerz nachgelassen hatte.

Gesine gluckste. Vor Glück. Und weil es kitzelte, wenn er ihr gegen das Ohr atmete.

»Ich muss dir aber was sagen«, fing sie an.

Er drängte sie nicht. Das war ja das Schöne an ihm. Dass er sie so sein ließ, wie sie war.

»Die Sache ist die … ich soll Polizeichefin von Hall werden.«

»So schnell? Du bist doch eben erst hierher versetzt worden.« Manchmal purzelten die Worte aus Mario Sczerpansky heraus, bevor er richtig über sie nachgedacht hatte. Er bekam einen weiteren Tritt gegen das Schienbein. Das würde blaue Flecke geben.

»Meine Erfolgsquote liegt bei exorbitanten hundert Prozent, und der bisherige Polizeichef will in den Vorruhestand. Und? Was sagst du dazu?«

»Stark, ich schlafe mit der Chefin!« Mario knabberte an ihrem Ohrläppchen. Sie ließ ihn gewähren. Er hatte sich bis zur Halsbeuge vorgearbeitet, sichtlich entschlossen, noch weitaus tiefer zu knabbern, als es an der Tür klingelte.

»Nicht aufmachen, das ist die Denz«, murmelte Mario unter Küssen.

»Frau Bauer, juhuu!«, jodelte es von draußen.

Die Stimme von Bauer zwo.

»Der weckt noch die ganze Nachbarschaft.« Gesine löste sich von Mario und schlüpfte in ihren Morgenmantel. Mario seufzte. Und war gleich darauf eingeschlafen.

Im Flur stand schon Frau Denz mit verschränkten Armen. Stumm, aber ihr Blick sprach Bände.

Gesine öffnete die Haustür.

»Sorry, wenn ich störe, aber Ihr Handy ist ausgeschaltet«, entschuldigte sich Bauer zwo, der irgendwie anders aussah.

»Auf dem Friedhof liegt ein Toter«, fuhr Bauer zwo fort, und weil sogar er merkte, was er da gerade gesagt hatte, erklärte er rasch: »Also eine frische Leiche. Ganz frisch. Noch warm.«

»Hauptsache, eine saubere Leiche«, warf Frau Denz ein, die als Schwäbin den Kehrwochengedanken in allen Bereichen verinnerlicht hatte.

Gesine achtete nicht weiter auf Frau Denz. Sie musterte Bauer zwo. Lila Lederkluft, wie immer. Dümmlicher Gesichtsausdruck unter schütterem Haar.

Nein, sie kam nicht drauf. »Ist gut, ich ziehe mich nur rasch an.«

»Keine Eile«, beschwichtigte Bauer zwo. »Kollege Seifferheld ist vor Ort und kümmert sich.«

»Wer?«, fragte Gesine.

»Ach ja, den kennen Sie noch gar nicht. Eigentlich ein Exkollege. Siegfried Seifferheld. Einer von den Guten.«

»Aha«, sagte Gesine geistesabwesend. »Sagen Sie mal Bauer zwo, irgendwas ist an Ihnen anders.«

Bauer zwo zwirbelte sich die Oberlippe. Die nackte Oberlippe. Er hatte sich doch tatsächlich seinen Gesichtsdschungel abrasiert. »Bin jetzt windschnittiger. Was halten Sie davon? Sexy, nicht? Ab jetzt brechen völlig neue Zeiten an, warten Sie's ab!«

KRIMI
SNACK

Handlich. Spannend. Gut.

Appetit auf mehr?

Nach dem plötzlichen Tod ihres Mannes gerät Eva in eine tiefe Depression. Um sich ihm nahe zu fühlen, stöbert sie in seinen Sachen – und stellt fest, dass er einige Geheimnisse vor ihr hatte. Wie gut kennt man den Menschen, den man zu lieben vermeint? Zur Ablenkung fährt Eva mit ihrer Freundin an die Nordsee. Doch schon bald liegt ein Toter am Sandstrand …

Regula Venske
Die Sandfrau
Kriminalerzählung
ISBN 978-3-86913-430-7

ars vivendi

Eines Tages verschwindet Augustin Stiller während der Arbeit spurlos. Auch fast zwei Jahre danach fehlt jedes Lebenszeichen von ihm. Wurde Stiller ermordet? Beging er Suizid? Für nichts scheint ein Motiv zu existieren. Jörg Steinleitner begibt sich auf die letzten Spuren des Verschollenen. Führt seine literarische Recherche zu einer Lösung dieses wahren Falls?

Jörg Steinleitner
Der Fall Augustin Stiller
Kriminalerzählung
ISBN 978-3-86913-294-5

ars vivendi